JLPT N1 N2 N3 GRAMMAR

新日檢 500 文型 常見

一目瞭然

N3 N2 N1

| 必考文法考前筆記總整理 |

全書MP3一次下載

iOS系統請升級至iOS 13後再行下載

此為大型檔案，建議使用WIFI連線下載，以免占用流量，

並確認連線狀況，以利下載順暢。

9789864542048.zip

使用說明

④ N2 Vる／Vた／Nの ＋ 折（に） ＋ 很少發生的「消極事件」**⑤**

②
おり
① 折（に）
1
③ …的時候；正
　直…之際

> せんじつとうきょう　　い　　おり　　きゅうゆう　　いえ　　たず
> 先日東京へ行った折、旧友の家を訪ねた。
> 前幾天去東京的時候，我拜訪了老朋友家。 **⑥**

「折」前放一件時間正在推移的事情，挑出其中某時間點（去東
京），以那件事為好契機，表示正當那個機會、時機，做了某件好事
（拜訪朋友）。所以後句較少消極事件。 **⑦**
きかい
〓機会に
おり　　　　おり　　　　おり　　　　おり
＊折から／折に／折は／折には **⑧**

① 文法號碼

② 文法，部分文法會標記 數字 ，代表該文法在 數字 的章節（PART）內
有寫法同樣、但意思不同的同形詞。

③ 文法的中文翻譯

④ 文法水準

⑤ 文法的常見句形。「慣用」為該文法的慣用語。「前句」及「後句」表示
接續在該句型之前及之後的句子常見的型態或構造。
　★注意：「普」表示各種詞類的普通形，「普（ナな／Nの）」則代表
　　　　　各種詞類的普通形都可以，但「ナ形容詞」需要以「な」結
　　　　　尾，而名詞N之後須加上「の」。

⑥ 文法的例句和中文翻譯

⑦ 文法解說/註解

⑧ 「〓」為文法的同義詞，「＊」為該文法的其他形式

用語說明

用語	意義	範例
V	動詞	走る
Vる	動詞原形	走る
Vない	動詞否定形	走らない
Vた	動詞た形	走った
Vて	動詞て形	走って
Vている	動詞現在式	走っている
Vます	動詞ます形去「ます」	走ります
V（よ）う	動詞意志形	走ろう
動名	動作性名詞	走る
N	名詞	猫
Nの	名詞之後接續「の」	猫の
Nである	名詞之後接續「である」	猫である
Nであれば	名詞之後接續「であれば」	猫であれば
イ	イ形容詞	黒い
イい	イ形容詞以「い」結尾	黒い
イいくて	イ形容詞去「い」加「くて」	黒くて
ナ	ナ形容詞	静か
ナ語幹	ナ形容詞語幹	静か
ナな	ナ形容詞以「な」結尾	静かな
ナである	ナ形容詞之後接續「である」	静かである
ナであれば	ナ形容詞之後接續「であれば」	静かであれば
普	普通形，包括各種詞類及型態變化。	行く、行った 等
丁	丁寧形，包括各種詞類及型態變化。	行きます、行きました 等

文法號碼	文型 ぶんけい 文型中文翻譯	文法常見句型　　　　　　　　　P01.mp3 例句+例句中譯 文型解說/註解 ≒為同義詞，※為該文型的其他形式
1	折（に） おり …的時候；正 直…之際	**N2** Vる／Vた／Nの ＋ 折（に） ＋ 很少發生的「消極事件」 先日東京へ行った折、旧友の家を訪ねた。 せんじつとうきょう　い　おり　きゅうゆう　いえ　たず 前幾天去東京的時候，我拜訪了老朋友家。 「折」前放一件時間正在推移的事情，挑出其中某時間點（去東京），以那件事為好契機，表示正當那個機會、時機，做了某件好事（拜訪朋友）。所以後句較少消極事件。 きかい ≒機会に おり　おり　おり　おり ※折から／折に／折は／折には
2	際（に） さい 在…的時候；… 之際	**N3** Vる／Vた／Nの ＋ 際（に） 家から出る際に、財布を忘れたことに気が付いた。 いえ　で　さい　さいふ　わす　き　つ 要出家門之際，發現忘了帶錢包。 指在某一個特殊時刻、狀況時（出家門）。與「とき」相同，但因為較鄭重，所以不常在日常生活中使用，在需要鄭重表達時才使用。 ≒ときに さい　さい　さい ※際は／際には／際のN
3	に際して さい 值此…之際； 當…時候	**N2** Vる／動名 ＋ に際して a. 新しい門出に際して、お祝いの万年筆を贈ります。 あたら　かどで　さい　いわ　まんねんひつ　おく 在展開新生活之際，送了祝賀用的鋼筆。 b. ラグビーの試合に際して、選手は紳士らしく振る舞う。 しあい　さい　せんしゅ　しんし　ふ　ま 橄欖球比賽的時候，選手表現得很紳士。 a. 在開始做一件不是平時常發生的事之時（展開新生活）。 b. 某事正在進行中之時（比賽）。 ※不會用在偶發事件。 ※有複合詞的作用。 ≒をするときに／にあたって さい　さい　さい　さい ※に際し／に際してのN／に際しまして／に際しては

4	において 在／於…地點／ 時間／方面	**N3** N ＋ において <ruby>人生<rt>じんせい</rt></ruby>の<ruby>全<rt>すべ</rt></ruby>てにおいて<ruby>感謝<rt>かんしゃ</rt></ruby>の<ruby>気<rt>き</rt></ruby><ruby>持<rt>も</rt></ruby>ちを<ruby>持<rt>も</rt></ruby>っていたい。 我想要在整個人生中都帶著感謝的心情。 表事物發生的時間、場面、地點、狀況等，或跟某一方面領域有關的場合，例如活動或論文研究題目上抽象的項目。跟「で」一樣，不過是書面用語，不用在日常表現中。 ≒ で／に ✳ におけるN／においての／においても／においては

N2 Vる／N ＋ にあたって

a. <ruby>開会<rt>かいかい</rt></ruby>にあたって、<ruby>一言<rt>ひとこと</rt></ruby>ご<ruby>挨拶<rt>あいさつ</rt></ruby>を<ruby>申<rt>もう</rt></ruby>し<ruby>上<rt>あ</rt></ruby>げます。
開會之際，跟大家打一聲招呼。
b. <ruby>新入社員<rt>しんにゅうしゃいん</rt></ruby>を<ruby>迎<rt>むか</rt></ruby>えるにあたって、<ruby>新<rt>あたら</rt></ruby>しい<ruby>机<rt>つくえ</rt></ruby>を<ruby>用意<rt>ようい</rt></ruby>した。
迎接新入社員的時候，準備了新的桌子。

5 にあたって
當…之際／之時；在…的情況下；在…之前

a. 指某行動進入到重要階段時使用（開會），經常用在致詞或感謝致意時。
b. 表即將發生的某事態（迎接新社員），話者對此行動的積極、重視的姿態（準備桌子），或是表達自身心情。
※有複合格助詞的作用。

≒ をするときに／に<ruby>際<rt>さい</rt></ruby>して
✳ にあたり／にあたっては／にあたっても

6 うちに【時間帶】
a. 趁…；在此時間之內…
b. 在…過程中，自然就…了

N3 此持續性的狀態中，出現了一開始沒預料到的情況、變化。

┌──────────────────────────┐
│ Vる／ている／ない／イい／ナな／Nの │ ＋ うちに
└──────────────────────────┘
後表事態變化的句子（例：になる、てくる、てしまう）

a. 1. <ruby>彼<rt>かれ</rt></ruby>の<ruby>機嫌<rt>きげん</rt></ruby>が<ruby>良<rt>よ</rt></ruby>いうちに、<ruby>話<rt>はなし</rt></ruby>を<ruby>進<rt>すす</rt></ruby>めましょう。
趁他情緒不錯時，進行議題吧。
　　2. <ruby>明<rt>あか</rt></ruby>るいうちに<ruby>帰<rt>かえ</rt></ruby>らないと、<ruby>母<rt>はは</rt></ruby>にひどく<ruby>怒<rt>おこ</rt></ruby>られる。
不趁天亮時回家的話，會被媽媽狠狠地罵。
b. このかばんは<ruby>使<rt>つか</rt></ruby>っているうちに、ぼろぼろになってしまった。
這個包包在使用的過程中，自然而然就破破爛爛的了。

a. 在某事態的持續的期間（心情好／天亮時），做後句所述的動作（說話／回家）。
b. 某事在反覆及持續的狀態中（使用），後續的事態就再沒有預料到之下自然而然衍伸、變化出來（變得破爛）。

a. ≒ している<ruby>間<rt>あいだ</rt></ruby>に
b. ≒ <ruby>繰<rt>く</rt></ruby>り<ruby>返<rt>かえ</rt></ruby>し／ずっと〜すること

7	最中（に） さいちゅう 正在…；正好就在…的時候；正好處在…過程中	**N3** Vている／Nの ＋ 最中に シャワーを浴びている最中にガスが止まる。 正在洗澡時，瓦斯沒了。 表示動或狀態在最盛之時，還未結束之時（洗澡），發生了後句的事情（瓦斯沒了）。 ≒ ちょうど～中に／している途中に なか とちゅう ※ 最中だ さいちゅう
8	つつ【同時進行】 一邊…一邊…；一面…一面	**N2** Vます ＋ つつ 彼はいつも勉強しつつ、お菓子を食べる。 かれ べんきょう かし た 他總是一邊念書，一邊吃零食。 表示同一主體（他），在做一件事的同時（唸書），也在做另一件事（吃零食）。 ※主要動作在後句。 ※比「ながら」更文言。 ≒ ながら
9	にあって 處於／身處…情況下	**N1** 多見「場合、地點、立場、狀況、階段」 ↙ N ＋ にあって ＋可順接也可逆接 a. この不況下にあって、再就職先を見つけるのは難しい。 ふきょうか さいしゅうしょくさき み むずか 處在景氣不好之下，要找到再就業的地方，是很難的。 b. 彼女は裏切りにあって、なおも彼のことを信じている。 かのじょ うらぎ かれ しん 雖然她被背叛，但她還是相信他。 a.（順接）因為處在這個特殊事態（不景氣）、狀況下，所以有後面的事情（難找工作）。 b.（逆接）明明處在一個辛苦、負面的狀況中（背叛），卻發生了與常理預測不同的結果（相信他）。 ※可順接也可逆接。 ≒ に／で ※ にあっては／にあたり／にあっても（逆接）
10	となると 到關鍵時刻時	**N2** Vる／N ＋ となると いざ発表となると、頭の中が真っ白になってしまった。 はっぴょう あたま なか ま しろ 一旦要發表，我的腦袋就一片空白。 指一個關鍵時刻的時間點、事件（發表）。 ≒ しようとするときには

11	**ところに／へ** …的時候	**N3** Vる／Vている／Vた／Nの ＋ ところに／へ ふと見上げたところに、空から雪が舞い降りた。 偶然抬頭一看，天空飄下了雪。 前句：在某階段的狀況時間點上（抬頭），或變化上。 後句：發生妨礙阻撓的事，或現狀變好的事（飄下雪）。 ≒ ちょうどそのときに（～が起こる）
12	**ところを** 11 正…時；…之 時；雖然…時， 卻還…	**N3** 普／イぃ／ナな／Nの ＋ ところを a. 部屋で踊っているところを、姉に見られて、恥ずかしい。 我正在房間跳舞時，被姊姊看見，好丟臉。 b. お忙しいところをお呼びたてして申しわけありません。 在您正忙時，叫您過來，真的不好意思。 a. 前句：表示動作狀況的進展（跳舞）。 　後句：給予前句直接性的作用動作或影響（被看到），例：呼び止 　め る、助ける、捕まえる、捕まる、見られる…等。 b. 雖在前項的狀況下（忙碌中），卻還是做了後項（叫住）。站在對 　方的立場、顧及對方、感到給對方添麻煩、勉強對方。多用在開場 　白、後續委託、致歉、道謝、請求等。 ≒ ちょうどそのときに（～する）
13	**にして** 44 既是…又是； 是…而且也…	**N1** N ＋ にして 彼はお笑い芸人にして優秀なクリエイターでもある。 他既是搞笑藝人，又是優秀的創作家。 表示兼具兩個（a. 搞笑藝人；b. 創作家）屬性或性質。 ※並列表現。 ≒ でもあり、でもある
14	**を限りに** 於此為截止、極 限；從…後就 沒…	**N1** N ＋ を限りに ＋ 常接「やめる、別れる、引退する等」 慣用：声を限りに（聲嘶力竭） 本日を限りに長年勤めた会社を辞める。 我於今日為止，辭掉長年工作的公司。 前句：某個契機、時間點（今日），一直持續的事。 後句：此後不再繼續下去（工作）。 ※正負面評價皆可使用。 ≒ の限界まで／を最後に／の限度まで～する

15	**際に／間際に（は）** ぎわ　まぎわ 臨到／迫近／在即…	**N1** V<ます> ＋ 際に Nの ＋ 際に 普 ＋ 間際に（は） 慣用：瀬戸際（關鍵時刻）、今わの際（臨終） せとぎわ　　　　　　　いまわ　　ぎわ 彼は去り際に、軽く微笑んだ。 かれ　さ　ぎわ　　　かる　ほほえ 他在正要離去時，輕輕地微笑了。 死ぬ間際に、記憶が走馬灯のように駆け巡った。 し　　まぎわ　　きおく　　そうまとう　　　　か　めぐ 他臨死時，記憶像走馬燈般縈繞著。 指某事物的事態在即（死去），或臨近要發生、做什麼事的時候（離去）。 ≒ なろうとするそのとき／する寸前に すんぜん ※ 際のN／間際のN
16	**～を～に控 えて／を控え て** ひか　　　　ひか 臨近／靠近／面臨…	**N1** （表示與這個場所距離非常的近） N ＋ を ＋ 時間／場所 ＋ に控えて N ＋ を控えて 発表会を明日に控えて、大変緊張している。 はっぴょうかい　あした　ひか　　たいへんきんちょう 臨近發表會，非常緊張。 表示「を」前面的事情（發表會），時間、場所已經迫近了。 ≒ （空間的、時間的）に迫っている くうかんてき　じかんてき　せま
17	**ここ～という もの（は）** 整整／整個…以 來	**N1** ここ ＋ 期間／時間 ＋ というもの （は） （加深感嘆語氣） ここ1年というもの、仕事に追われて休む暇がなかった。 ねん　　　　　　　しごと　お　　　　やす　ひま 這整整一年，被工作追著跑，沒有休息的閒暇。 前句接期間、時間的詞語（整整一年），帶有感情地表示長時間一直處於某種情況之意。後句通常接消極的內容（被工作追著跑），帶有現狀跟以往不一樣的涵義。 ≒ という長い間／の間、ずっと なが　あいだ ※ この～というもの

文法號碼	文型 ぶんけい 文型中文翻譯	文法常見句型 P02.mp3 例句+例句中譯 文型解說/註解 〓 為同義詞，✳ 為該文型的其他形式

---

1 | うちに【事前】
趁著…；在…之前 |

N3 | Vる／ない／イぃ／ナな／Nの ＋ うちに

↘ 現在形

子供が小さいうちに、いろいろな場所に連れていってやりたい。
趁著小孩還小時，想帶他到各式各樣的地方去。

表示趁在前面的環境、狀態還沒產生變化時（還沒長大），去做後面的動作（帶去各地）。意指如前句的狀況產生反方向的變化（長大），要去實現後句的動作就很會難（帶去各地），所以要趁著還是前句的狀況的時候去做。

〓 ある状況になる前に

---

2 | に先立って
さきだ
預先／事先…；
在…之前先 |

N2 | Vる／動名 ＋ に先立って ＋ 應先作好的事

↘ 重要的工作或行為

会議に先立って、人数分の資料を準備しておかなければならない。
在會議之前，應該事先準備好相對應份數的資料。

前句：某一個動作（開會）。

後句：做前句的動作之前應做的事。是為前句的準備、預告（準備資料）。

※是「にあたって」更強調的表現

〓 の前に必要なこととして

✳ に先立つN／に先立ち

---

3 | た途端
とたん
（に）
一…就…；剛…
就…；剎那／立
刻… |

N3 | Vた ＋ 途端（に）

後句：無法預料的事。不加意志性的表現（例：意志、命令、否定推量、自己的行為）

食べ終わった途端に強烈な眠気が襲ってきた。
一吃完飯，就襲來強烈的睡意。

振り向いた途端、彼女と目が合いました。
回頭的一瞬間，我和她對上眼了。

幾乎同時，但還是有表現出先後關係。前句描述的內容（吃完／回頭），後句表示幾乎與前句同時發生的事情（襲來睡意／對上眼），因此帶有感到意外的語感。

※剎那的程度：最高

※主語：不限

〓 したら、その瞬間に

4	**とともに【同時】** …的同時； （既…且…）	**N2** Vる／イぃ／ナである／Nである／動名 ＋ とともに 音楽が鳴りやむとともに、観衆は総立ちになって拍手をした。 音樂聲一結束的同時，觀眾全體一齊站起來拍手了。 前句（音樂結束）和後句的動作（起立拍手）、變化幾乎同時發生。 ※剎那的程度：次高 ≒ する同時に
5	**（か）と思うと** 剛…馬上就…； 一…就…	**N2** Vた ＋ （か）と思うと ＋ 部分事緊接著就… **後句**：因描寫的是現實發生的事情，所以後不加意志性的表現 　　　（例：意志、命令、否定推量、自己的行為） 雨がやんだかと思うと、ギラギラの太陽が照りつけた。 雨一停，耀眼的陽光照耀著。 表示對於幾乎同時發生的事情（雨停及耀眼的陽光）感到意外、吃驚或驚嚇。主語會是第三人稱。 ※剎那的程度：第三高 ≒ すると、すぐに ※ かと思ったら
6	**と思うと** 原以為…誰知…	**N2** 普V ＋ と思うと 息子は、さっきまで大泣きしていたと思うと、もうご機嫌に遊んでいる。 原以為兒子到剛剛都在哭，誰知他已經高興地在玩了。 本來會預料到某種情況（繼續哭），卻出乎意料出現相反結果（已經高興在玩），有對比意涵。 ※ と思ったら
7	**か〜ないかのうちに** 一…馬上就…了；才剛剛就…了	**N2** Vる／た ＋ か ＋ Vない ＋ かのうちに **後句**：後不加意志性的表現（例：意志、命令、否定推量、自己的行為） 彼はいただきますと言いおわるか終わらないかのうちに、もう食べだしていた。 他才剛說完「我開動了」，馬上就吃起來了。 車が停車するかしないかのうちに、ドアを開けてしまうせっかちな人もいる。 也有車才剛剛停下來，就打開車門的焦躁的人。 前句事物一發生，隨著馬上就發生。前一動作似完非完（說開動／車停下來），第二動作就緊接著開始了（已經在吃／打開車門）。 ≒ すると、同時に

8	しだい 次第 …後馬上／立即	**N2** Vます／動名（し） ＋ 次第 ↳「し」大多會被省略 あなたの支度が整い次第、すぐ出発します。 你準備就緒之後，就馬上出發。 前句事項一完成（準備就緒），馬上做後句的動作（出發），之後的事情是持續的，不可接續動詞過去式。 ※前句完成，後句才能成立。 ※常於電話中使用。 ≒ したらすぐ、するとすぐ

9	てからでな いと 不先…就不能…	**N3** Vて／表示時間的詞（例：来週） ＋ からでないと ＋ 否定 表困難、不可能↗ ちゃんと体を洗ってからでないと、浴槽には入れません。 不先好好把身體洗好，是不能進入浴缸的。 意指如果前句不實現的話（洗身體），後句就實現不了（進入浴缸）。 ≒ した後でなければ ✳ てからでなければ

10	てはじめて 直到…才	**N3** Vて ＋ はじめて アルバイトをしてはじめて親のありがたみがわかりました。 直到開始打工，才懂雙親的恩惠。 原對某事並無那樣認識（打工的辛苦），實際做了，才終於明白了什麼（雙親的恩惠），而變成了…（感恩）。 ≒ た後でようやく

11	うえ 上で【事後】 在…之後…； 之後再…；以… 基礎上再…	**N2** 意志Vた／動名の ＋ 上で ＋ 意志動詞 弁護士に相談した上で、訴えるかどうかを決めたいと思います。 我打算跟律師商量後，再決定要不要訴訟。 それぞれの色を比較した上で、どの椅子を買うかを選びたいと思います。 我打算比較各種顏色後，再選擇要哪個椅子。 表前句和後句的先後關係。以前句為基礎，得到結果後（商量／比較），再進行後句（選擇是否訴訟／選擇顏色）。 ※表示以動作1為基礎，動作1做完，再做動作2。 ≒ まず〜してから ✳ 上での

12	**て以来** いらい 自從…以來，就一直	**N2** Vて／動名 ＋ 以来 ＋ 多次性或具持續性的事件 彼女と結婚して以来、ずっと幸せが続いている。 かのじょ けっこん いらい しあわ つづ 自從和她結婚以來，一直都感到很幸福。 ドイツから帰国して以来、ずっとソーセージにはまっています。 きこく いらい 自從從德國回國以來，一直對香腸著迷。 從過去某一時間點發生某事（結婚／回國），因而到現在持續發生的另一個事情（幸福／著迷）。 ※用於時間較長，且指持續性的狀態。相較起來，「てから」沒有時間長短之分，且主語大多為一次性的動作。 ≒ してから、今までずっと いま

13	**てからは** 自從…；一直到現在都…	**N3** Vて ＋ からは 一度だけ転職をしてからは、この２０年ずっと同じ会社に勤めています。 いちど てんしょく ねん おな がいしゃ つと 自從唯一一次的轉職後，這20年一直在同一間公司工作。 前句的行動之後（轉職），就保持一個持續狀態（在同一公司工作）。跟「て以来」意義基本相同。 ※「てからは」後接持續性的狀態，「てから」後接一次性的狀態。 ※「て以来」相比，感嘆的語感較弱。 ≒ してから、今までずっと いま

14	**ところだ** a.正要 b.正在 c.剛剛	**N3** a. Vる ＋ ところだ b. Vている ＋ ところだ c. Vた ＋ ところだ a. これから姉と映画に行くところです。 あね えいが い 接下來我正要跟姊姊去看電影。 b. 先生は授業の準備をしているところです。 せんせい じゅぎょう じゅんび 老師正在備課。 c. 山田さんは今東京駅に着いたところです。 やまだ いまとうきょうえき つ 山田先生剛剛到東京車站。 表示各行動在時點上的階段，不可使用於狀態動詞或表狀態的句子。 a. 某動作或行為即將發生的階段（準備要看電影）。 b. 某動作正在進行的階段（正在備課中）。 c. 某動作剛剛已發生、結束的階段（抵達車站了）。

15	が早いか 剛一…就…； 做…的同時	**N1** Vる ＋ が早いか **後句**：後不加意志性的意志、命令、否定、推量、自己的行為 田中さんは電話のベルが鳴るが早いか、受話器を取った。 電話鈴聲才剛響，田中先生就拿起話筒了。 剛一發生前句的狀況（電話響），馬上、或是同時就發生後句的事物（拿起話筒）。 ※客觀表現。 ※描寫現實事物，所以後句不加表現意志的句子。 ＝ すると、同時に
16	や（否や） 一…就…；一… 馬上…	**N1** Vる ＋ や（否や） **後句**：後不加意志性的意志、命令、否定、推量、自己的行為 彼女はお風呂から出るや否や、コーヒー牛乳を一気に飲み干した。 她一從澡堂出來，就一口氣把咖啡牛奶一飲而盡。 前一動作做完（出澡堂），或甚至還沒做完，就馬上引起後句動作（喝牛奶），後句因前句行動影響而發生（一般日本人有泡完公共澡堂喝牛奶的文化），多為話者意料之外的事（指動作很快，一口喝完）。 ※前後兩句的主語可以不同。 ※用以描寫現實事物，所以後句不加表現意志的句子。 ＝ すると、同時に
17	なり 一…就（一 直）…；剛…就 立刻…	**N1** Vる ＋ なり **後句**：後不加意志性的意志、命令、否定、推量、自己的行為 彼女は私の姿を見るなり、突然逃げ出した。 她一看到我的身影，就立刻逃出去了。 前句動作剛完成（看見），後句動作就緊接著發生（逃走）。不用在描述自己的行為。前後動作主必須相同（都是那個女性），因此動作主不會是自己。如果用「Vた+なり」的話，更有之後一直持續某動作之意。 ※後句：預料之外的、特殊的、突發性的「已經實現的事」，也因此不使用表現意志的句子。 ＝ すると、すぐに／したまま
18	そばから 即使剛…就 又…；隨…隨…	**N1** Vる／た ＋ そばから 2歳になる息子は、積み木を積んだそばから崩していってしまう。 2歲的兒子，剛堆起積木，又把它弄倒了。 即使做了前句的動作（堆積木），但成果總是馬上被後句的事情抹煞消除掉（倒了）。通常前句與後句都是反覆不斷重複進行。 ※話者對結果感到意外。 ※常用在話者感到不滿的事情上。 ＝ しても、すぐまた

19	**てからというもの (は)** 自從…一直…	**N1** Vて ＋ からというもの
		君<ruby>き<rt></rt></ruby>に会ってからというもの、胸<ruby>むね<rt></rt></ruby>が苦<ruby>くる<rt></rt></ruby>しくて食事<ruby>しょくじ<rt></rt></ruby>が喉<ruby>のど<rt></rt></ruby>を通<ruby>とお<rt></rt></ruby>らない。 自從遇見你，我就胸口難受，食不下嚥。
		前句敘述一個「契機」（相遇），後句表達因這個契機使事物狀態、行為產生了很大的變化（食不下嚥）。話者帶著感情（感嘆）、內心感受、吃驚等敘述這件事。 ※與「てからは」基本上相同，但因為有「というもの」這個字眼，所以感嘆的口氣更強烈。 ≒ してから、今<ruby>いま<rt></rt></ruby>までずっと／てからは

PART03. 並列、反復

文法號碼	**文型**<ruby>ぶんけい<rt></rt></ruby> 文型中文翻譯	**文法常見句型**	P03.mp3
		例句+例句中譯	
		文型解說/註解	
		≒ 為同義詞，※ 為該文型的其他形式	

1	**ては** 一次又一次地反覆做…	**N2** Vて ＋ は
		飲<ruby>の<rt></rt></ruby>んでは吐<ruby>は<rt></rt></ruby>き、吐<ruby>は<rt></rt></ruby>いては飲<ruby>の<rt></rt></ruby>むほどの酒好<ruby>さけず<rt></rt></ruby>きだ。 喜歡酒到喝了又吐，吐了又喝的地步。
		VてはV：表兩動作（a. 吐；b. 喝）反覆進行 VてはV、VてはV：強調反覆 ≒ 何度<ruby>なんど<rt></rt></ruby>も～して、～して ※ 口語：ちゃ

2	**と共に【一起】**<ruby>とも<rt></rt></ruby> 和…一起／共同；在…之上添加	**N2** 普（ナである／N） ＋ と共に 　　　↖ 表示人或組織等名詞
		給料<ruby>きゅうりょう<rt></rt></ruby>と共<ruby>とも<rt></rt></ruby>に特別手当<ruby>とくべつてあて<rt></rt></ruby>が同封<ruby>どうふう<rt></rt></ruby>されていた。 特別津貼與薪水一同附上。
		具有相同性質（薪水與津貼）、狀態或共同的某種行為動作成為同一個，一起相連，一同添加附上。 ≒ といっしょに／に添<ruby>そ<rt></rt></ruby>えて

3	と共に【附加】 とも 有…還有…；除了…甚至還有；隨著…	**N2** N 普（ナ_{である}／N_{である}） ＋ と共に

| 3 | **と共_{とも}に【附加】**

有…還有…；除了…甚至還有；隨著… | **N2** N
普（ナ_{である}／N_{である}）　　　　＋　と共に

夫_{おっと}の健康_{けんこう}と共_{とも}に、一人息子_{ひとりむすこ}の将来_{しょうらい}も心配_{しんぱい}の種_{たね}だ。
除了丈夫的健康，獨生子的將來也是憂心的根源。

除了前句的狀況（丈夫的健康），然後又再加上後句的狀況（小孩的將來）。

≒ と、さらに |

| 4 | **つ～つ**

有時…有時…；時而…時而… | **N1** Vます ＋ つ ＋ Vます ＋ つ
　　↘ 第一個動詞和　　　　↘ 第二個動詞互相對立（ex：浮く→沈む）

※對立動詞也含主動和被動。
慣用：行きつ戻りつ（走來走去）、持ちつ持たれつ（互相幫助）、浮きつ沈みつ（載浮載沉）、抜きつ抜かれつ（一下追過一下被追過）

あの取引先_{とりひきさき}とは持_もちつ持たれつの関係_{かんけい}だ。
和那個客戶是互相幫助的關係。

表同一主體前句動作和後句動作交替進行（跟客戶你幫我，我幫你），反反覆覆。兩個動詞可以是對立意義的動詞（浮く、沈む），或是主動和被動的動詞（持つ、持たれる）。多做為慣用句使用。

≒ たり～たり |

文法號碼	文型 ぶんけい 文型中文翻譯	文法常見句型　　　　　　　　P04.mp3
		例句+例句中譯
		文型解說/註解
		╪ 為同義詞，✽ 為該文型的其他形式

1	に比べて くら 與…相比	**N3** N ＋ に比べて
		今年は去年に比べて、梅の木にたくさんの実がなった。 今年與去年相比，梅花樹結了很多果實。
		諸外国に比べて、日本は公教育への投資が少ない。 跟各國相比，日本對於公共教育的投資是很少的。
		以N作為準則（去年／各國）進行比較，指出與比較方的程度的不同（今年／日本）。 ※可與「より」替換。
		╪ より
		✽ に比べ／に比べると

2	ほど～はない 沒有比…更…	**N3** N／（Vる ＋ こと） ＋ ほど～はない
		時間ほど大切なものはないですよ。 沒有比時間更重要的東西唷。
		話者主觀評價某個人事物（時間）在同類中是最高等級了，沒有可相比的對象。 ※屬於主觀表現。
		╪ は最高に～だ
		✽ くらい～はない／～ほどのことではない

3	くらい～はない 最為…；沒有比…更…；沒有像…一樣	**N3** Vる／N ＋ くらい～はない
		今日くらい幸せな日はない。 沒有比今天還要幸福的日子了。
		在「くらい」前所提出的事物（今天）已是最高標準，沒有再更高的了。 ※是主觀表現。
		╪ は最高に～だ
		✽ ほど～はない

4	に限る …是最好的	**N3** 多接續「なら、たら」 ＋ Vる／ない／N ＋ に限る 春は曙に限る。 春天的美，黎明最棒。 気分をリフレッシュしたければ旅行に限る。 想要重新打起精神，旅遊是最好的。 話者主觀認為某事物是最好的（黎明）。也可以用在被人們廣泛認同的事情上（旅行）。 ※不使用在客觀判斷上。 ≒ が一番いい
5	くらい【程度】 簡直像…那麼； 幾乎…	**N3** 普（主要イ和V的現在形） ＋ くらい ↘ 多見V ＋ たい 子供が生まれた。全人類に自慢したいくらい嬉しい。 小孩子出生了。簡直像要跟全人類炫耀般的高興。 表示程度。以「くらい」舉出具體事例（小孩出生），表現前句的事物對話者是如何極致、極端（要向全人類炫耀的程度）。相當於「ほど」。 ※用於程度高／低皆可。 ≒ の程度に
6	ほど【程度】 …得…令 人…；…到… 了；到達…程度	**N3** 前句：多接續「こんなに、そんなに、あんなに、どんなに」 普（主要イ和V的現在形） ＋ ほど ↘ 多見V ＋ たい 頭が割れるほど痛い。 頭痛到頭要裂掉了。 日中は暑くて、買ったアイスがすぐに溶けるほどだった。 白天很熱，熱到買的冰淇淋一下就溶掉了的地步。 比喻或舉出具體的極端例子（裂掉／溶掉），表達該動作或狀態處在某種極端的程度（頭痛／天氣熱）。 ※基本上能與「くらい」互換，但用於程度極高或嚴重時。此時「くらい」就不適合替換，更適合使用「ほど」。 ≒ の程度に／くらい ※ ほどだ
7	くらいなら 與其（忍受）… 還不如…	**N2** Vる ＋ くらいなら ＋ （方がましだ／方がいいだ） 君に会えなくなるくらいなら、死んだ方がましだ。 與其忍受沒辦法見到你，我還不如去死比較好。 表示雙方都不理想（沒辦法見面及死亡），但前、後者比較起來，選後者較好一些，不如選後者（死亡）。表話者強調那是非常厭惡、否認的行為。 ≒ ことを我慢するより～

8	だけの 與…相稱／相當	**N2** Vる／た ＋ だけの ＋ N

N2 Vる／た ＋ だけの ＋ N

この本には、五千円払っても惜しくないだけの価値がある。
這本書有付5000日圓也不可惜的價值。

有和事物（死亡）相當的名詞（價值）。

📝 に相当する

---

9 だけまし
起碼…；還算不錯的了；好在…；幸好…

N1 普（ナな／である／Nである） ＋ だけまし

A:「妻にこっぴどく叱られました。」
B:「離婚されないだけましですよ。」
A:「我被太太狠狠地罵了一頓。」
B:「起碼沒有離婚算不錯了啦。」

雖然事情不甚理想（被狠狠地罵），但就最糟的狀況來說（離婚），還不至於那麼糟。有時用於表示還可容忍或允許情況發生（被罵）。有時也有心懷不滿或幸好、慶幸的感覺（還好沒離婚）。
※「まし」為「ナ形容詞」，表示這不算好的，但還有更糟的，所以這算還可以的了。

📝 （其他情況）よりまだいい

---

10 に(も)まして
比…更加

N1 前句：時間／時間副詞
N ＋ にもまして ＋ 比前項程度更高的内容
慣用：疑問詞（それ／なに）＋にもまして＝比什麼／誰／時候都…

責任ある地位へ出世したら、いつにもまして発言に気をつけなければならない。
一旦晉升到需承擔責任的地位時，就必須更加地注意發言。

兩個事物相比較（承擔責任及注意發言），比起前句（責任），後句更加嚴重、深刻、程度更甚（發言）。
📝 以上に／よりも、更に～

---

11 に(は)当たらない
用不著／不需要／不至於…

N1 Vる／動名 ＋ に（は）当たらない
↘ 感心する、褒める、称賛する…等

※評價低時：驚く、非難する、心配する…等

彼女の実力を考えれば、今回の結果は驚くには当たらない。
以她的實力來說，並不需要對這次結果感到意外。

指某事物（實力）不需要做出到後句所述的那種程度的反應（感到意外）。表示那種反應不適合、不恰當，還不到做後句那種事的程度（感到意外）。
※「当たる」意指符合或適合某種道理或標準。
📝 ほどのことではない／する必要はない

12	**ないまでも** 就算不能／雖然 沒有…也／還／ 但／至少…	**N1** Vない ＋ までも ＋ 義務、命令、意志、評價、希望 直接会って謝ることはできないまでも、謝罪の気持ちだけは伝えたい。 就算無法直接道歉，也想表達我的歉意 雖然沒有做到前句（直接見面道歉）「程度較高」的地步，但至少也 有做到後句「程度較低」的水準（表達歉意）。 帶有「せめて、少なくとも」等感情色彩。 ⬒ まではできないが／まではできなくても／なくても／ほどではないが
13	**て済む** a. 就行了… b. 用不著／不… 　也行	**N3** a. Vて／イいくて／ナで／Nで ＋ 済む b. Vないで ＋ 済む a. お金を払って済むなら裁判沙汰は避けたい。 　如果付錢就可以的話，希望能避免打官司。 b. 夫が車で駅まで送ってくれるので、歩かないで済みます。 　先生會送我到車站，這樣就不用走過去了。 a. 表示以某種程度低、不用太麻煩的方式（付錢）就能解決問題（不 　用打官司）。 b. 向聽者解釋不用這種麻煩、較不好的方式（走路）也能解決事情。 a. ⬒ 以下に解決される b. ⬒ 〜しなくてもいい ＊ b. ないで済む／ずに済む

文法號碼	文型 ぶんけい 文型中文翻譯	文法常見句型 P05.mp3
		例句+例句中譯
		文型解說/註解
		≒ 為同義詞，※ 為該文型的其他形式

1

どころか【正反面】

別說／非但…反而／就…

N2 普（ナな／である／N（である）） ＋ どころか ＋ 多接續「も、さえ」

働いても暮らし向きは良くなるどころか、どんどん苦しくなっていく。
即使工作生活也不見改善，反而是越來越辛苦了。

把事情全盤否定掉（工作生活根本沒改善），事實完全與其相反（本期待有好的發展，但一直辛苦下去）。
前句：本來預想中的事（會改善）。
後句：和前句差很遠或內容相反的事實（越來越辛苦）。

≒ なんてとんでもない、事実は～だ

※ どころではなく

2

どころか【程度的對比】

別說…就連…都／甚至

N2 N／普（ナな／である／Nである） ＋ どころか

↗ 肯：程度更深也那樣

↘ 否：程度更輕也不是

うちの母は海が苦手で、泳ぐどころか近づくことすらできない。
我媽很怕海，別說是游泳，就連靠近都做不到。

前句提出一事實（怕海），後句表示比事實（不敢游泳）更甚或更弱的相反程度（靠近海）。是推翻了話者或聽者所原本預想、期待的（只是不敢游泳）。

≒ はもちろん、～も

3

は言うに及ばず

別說…就連…都／甚至

N1 N ＋ は言うに及ばず

後句：常見「も、さえも、まで」以和前句相呼應。

彼女は英語は言うに及ばず、中国語とスペイン語もペラペラだ。
別說是英文，她甚至能說一口流利的中文和西班牙文。

意指前句的狀況明顯到沒有說明的必要（英文能力），因此後句的更加極端的事情當然不須說明（中文及西班牙文能力）。
※是一種前向累加的表現，正反面評價皆可使用。

≒ はもちろん、更に～も

※ は言うまでもなく

古語：は言わずもがな

4	**一方（で）** いっぽう 一方面…另方面；在同時…還	**N2** 普（ナ_{な／である}／Nである） ＋ 一方（で） 本当にいい服は見た目が美しい一方で、着心地も抜群だ。 ほんとう　　　ふく　　み　め　　うつく　　　　　いっぽう　　　き ごこ ち　　ばつぐん 真正的好衣服不僅是好看，同時穿起來也很舒服。 前句說明某事物的同時（好看），後句補充另一事物表示並行（舒服）。 ≒ それから、また
5	**に対して【對比】** たい 和…相比	**N3** N ＋ に対して 普（ナ_{な／である}／N_{な／である}） ＋ の ＋ に対して 勇敢な兄に対して、弟は思慮深いタイプです。 ゆうかん　あに　たい　　　おとうと　し りょぶか 和勇敢的哥哥相較，弟弟是深思熟慮的類型。 對比同一事項的兩種情況（兄弟），有前句的事態外（勇敢），相對也有後句這個另一種的對立事態（深思熟慮）。 ※較中間、客觀的立場，冷靜對比。 ≒ と対比して考えると たい ひ　　　かんが ＊ に対しては／に対し／に対するN
6	**に反して** はん 與…相反	**N3** Ｎ ＋ に反して ↘ 多接續「予想、期待、命令、意図」 大方の予想に反して彼は試験に合格した。 おおかた　　よ そう　はん　　かれ　し けん　　ごうかく 和大家預料的相反，他通過了考試。 後句結果（通過考試）與前句預測的預想、期待是相反的（不會通過），有對比感（合格及不合格）。 ≒ とは反対に／と逆に はんたい　　　ぎゃく ＊ に反するN／に反し／に反したN はん 口語：とは違って／とは反対に ちが　　　　　はんたい
7	**反面／半面** はんめん　　はんめん 另一方面	**N2** 普（ナ_{な／である}／Nである） ＋ 反面／半面 妊娠してうれしい反面、不安な気持ちもある。。 にんしん　　　　　はんめん　ふ あん　き も 懷孕後雖感到喜悅，但另一方也感到不安。 同一人事物中（孕婦本人），前句敘述的（喜悅）與後句（不安）呈現相反。表示從別的方面看，還有另外的一面向。是種對比表現。 ※陳述事情「強烈」對立時會用「反面」。 ≒ 一面では～と考えられるが、別の面から見ると いちめん　　　　　かんが　　　　　　べつ　めん　　　み
8	**というより** 與其說…倒不如說…	**N3** 前句的比較對象 ＋ というより 彼は友達というより、親友と呼んだ方がしっくりきます。 かれ　ともだち　　　　　　しんゆう　よ　　　ほう 與其說他是朋友，倒不如說是摯友。 表示在判斷的時候，後句所述的比前句的說法更加適合。是對前句做委婉的補充，修正，並不是「直接」的否定。 ≒ という言い方をするより、むしろ／ではなく い　かた

9	代わりに【替代補償】 a. 相對的… b. 作為交換…	**N3** 普（ナな／である／Nである） ＋ 代わりに

N3 普（ナな／である／Nである） ＋ 代わりに

a. 彼は視力が弱い代わりに、音にすごく敏感だ。
他雖然視力不佳，但卻有著很好的音感。
b. 休日出勤をした代わりに、水曜日に休みを取った。
假日有上班，作為交換我在星期三休假。

表示因某種原因，後句的人事物代替了前句的人事物。通常前後句相替的項目都有同等價值或性質。是一種暫時性的替代。
a. 用以表示現在著負面狀況（視力不佳）也有好的一面（好音感）。
b. 因前句（假日上班），而須由後句補償、替代（星期三休假）。
≒ の代償として

N3 Vる／Nの ＋ 代わりに

10 代わりに【代理】
代替

a. 風邪で休んだ鈴木の代わりに、私がプレゼンをした。
代替因感冒請假的鈴木，由我做了簡報。
b. メールをする代わりに、LINEを使う人が増えている。
不用e-mail，改用LINE代替的人增加中。

本來該由某人做的事改由他人來做。說明前後者的替代關係。
a. 做人或物的代理（代替鈴木）。
b. 不做通常所做的事（用e-mail），而改做別的事（用LINE）。
≒ の代理として／するのではなく

N3 N ＋ に代わって

11 に代わって
代替／取代…

産休の伊藤先生に代わって私が授業をします。
代替休產假中的伊藤老師，由我來為大家上課。

因突發狀況（休產假）而產生替代之事（代課），屬於較生硬的用法。如果N是人物的話（伊藤老師），會有代理的意思（代理授課）。
≒ の代理として／ではなく
※ の代わりに／の代わり

N1 N ＋ にひきかえ
普（ナな／である／Nな／である） ＋ の ＋ にひきかえ

12 にひきかえ
相較起…反而…

うだるような暑さだった去年にひきかえ、今年の夏は涼しい日が続いている。
和去年彷彿要將人煮熟般的炎熱相反，今年夏天是持續涼爽的天氣。

前句跟後句做主觀比較，前後兩者差異極大或整整相反（炎熱及涼爽的對比）。
※以較主觀情緒去對比。
※「に対して」比較客觀。
≒ とは反対に／とは逆に／とは大きく変わって

文法號碼	文型 ぶんけい 文型中文翻譯	文法常見句型　　　　　　　P06.mp3
		例句+例句中譯
		文型解說/註解
		≒ 為同義詞，✳ 為該文型的其他形式

1	によって【原因、理由】 由於…	**N3** N ＋ によって
		じかんまえ はっせい こうつうじこ こうそくどうろ じゅうたい 1時間前に発生した**交通事故**によって、**高速道路**は渋滞していた。 由於一小時前的交通事故，高速公路大塞車。
		因為前句某種原因（事故），導致後句的結果（塞車）。 ≒ が原因で げんいん ✳ によるN／により／によっては

2	ことから【原因】 由於…的原因	**N3** 普（ナな/である／Nである）　＋　ことから
		としぶ こうれいか すす いりょうひ こうてきふたん おお **都市部**での**高齢化**が進んでいる**ことから**、**医療費**の**公的負担**が大きくなっている。 由於都市人口老化，公共醫療費用增大。 きれい つき み つきしま めいしょう **綺麗**な**月**が**見える**ことから、「**月島**」という**名称**になった。 因為能望見美麗的月亮，故此處稱之為「月島」。
		根據某種原因來看，基於這個判斷的理由（人口老化／可看到月亮），導致後句的結果、結論（醫療費負擔大增／被稱「月島」）。 ※有時有不只此原因，還有別的原因的感覺。 ≒ が原因で げんいん ✳ ところから（主要是視覺判斷）

3	ことだし 因為	**N2** 普（ナな/である／Nの/である）　＋　ことだし
		ねつ で いえ かえ やす ほう **熱**が**出ている**ことだし、**今日**は早く**家**に**帰って休んだ方**がいいよ。 都發燒了，還是快點回家休息吧。
		表示程度較輕的理由（發燒），常會是「決定、判斷、要求」。也帶有「除此之外還有別的理由」的含意（例如文中沒寫到的無力、想睡等）。 ※與「し」相似，但更禮貌，且重點在於強調「理由」。 ≒ から／ので ✳ ことですし

4	ものだから 就是因為…	**N2** 普（ナ_な／N_な） ＋ ものだから 後句：後不加表示命令、意志的語句 あまりにも安かったものだから、たくさん買いすぎてしまった。 就是因為太便宜了，才會不小心買太多。 急にどうしてもカレーが食べたいなんて言い出すものだから、買い物の予定が狂ってしまった。 就是因為你突然說非吃咖哩飯不可，我的購物計畫都被打亂了。 由於有意外的事、不甘願的事、程度嚴重的事（太便宜／突然想吃咖哩飯），因此做了某行為（買太多／打亂計劃）。表明「**個人**」的解釋和辯解。 ≒ ので／もので ※ 通俗：もんで／もので（の＝ん）
5	もの 因為…嘛	**N2** 普 ＋ もの ↘ 放在句末 A：「もうその辺で食べるのを止めたら？」B：「だって美味しいんだもの。」 A：「別再去那附近吃了吧？」B：「因為很好吃嘛。」 說明個人理由，為自己辯解，堅持自己的正當性（好吃）。 ※要加強撒嬌的語氣可以改說「（だって）～んだもん」。 ※多為年輕女性和小孩使用。 ≒ から（だ） ※ 親密：もん（の＝ん）
6	からこそ a. 正因為…才… b. 正因為…反而…	**N3** 普 ＋ からこそ ＋ のだ、んです a. 若いからこそ、できることがある。 有正因為年輕，才做得到的事。 b. 弟子に対しては、見込があると思っているからこそ、厳しくするのです。 對於徒弟，正因為覺得他未來有望，所以才要嚴格對待。 特別強調原因、理由，表示該理由是唯一正解。是「から」的強調形式。 ※是主觀表現。 a. 強調一個理由（不用於負面事件）（年輕）。 b. 以強調口氣舉出這個與常理（未來有望）相反的理由（嚴格對待）。 ≒ から

7	につき 由於／因為…	**N2** N ＋ につき
		（道路の看板）工事中<ruby>どうろ<rt></rt></ruby>につき、まわり道<ruby>みち<rt></rt></ruby>にご協力<ruby>きょうりょく<rt></rt></ruby>ください。
		（路上的告示板）因施工中，還請協助繞道。
		陳述理由（施工）。書信文體的固定用語，也常用在通知、公告、海報…等。
		≒ のため、という理由<ruby>りゆう<rt></rt></ruby>で

8	おかげで 幸虧／多虧…； 託了…的福	**N3** 普（ナ_{な／である}／N_{の／である}） ＋ おかげで
		慣用：～てくれたおかげで／～てもらったおかげで
		あなたのおかげで、とても楽<ruby>たの<rt></rt></ruby>しい時間<ruby>じかん<rt></rt></ruby>を過<ruby>す<rt></rt></ruby>ごすことができました。
		托您的福，讓我度過了如此快樂的時光。
		由於有某原因的幫助（你的幫助），所以才會有好結果（過了快樂時光），帶感謝意味。有原因、理由的含義，相當於「から」、「ので」，但情感成分更高。
		※此句型也可用來諷刺，這時通常後句是負面事件。
		※寒暄時常使用：おかげさまで
		≒ の助<ruby>たす<rt></rt></ruby>けがあったので
		※ おかげ[か]→有話者並不確定的含意／おかげだ

9	せいで 因為都怪…；歸 咎於…	**N3** 普（ナ_{な／である}／N_{の／である}） ＋ せいで
		私<ruby>わたし<rt></rt></ruby>の不注意<ruby>ふちゅうい<rt></rt></ruby>のせいで、会社<ruby>かいしゃ<rt></rt></ruby>に迷惑<ruby>めいわく<rt></rt></ruby>をかけてしまった。
		都怪我粗心大意，給公司添了麻煩。
		前句敘述某人事物的消極、或情況不利的原因（粗心大意），或責任的所在，後句接壞事或不良結果（添麻煩）。
		※有時會有把責任過錯推給別人或其他因素的涵義在。
		≒ が原因<ruby>げんいん<rt></rt></ruby>で
		※ せい[か]→有話者並不確定的含意（～也許是原因）／せいだ

10	ばかりに 都是因為／就是 因為…	**N2** 普（ナ_{な／である}／N_{である}） ＋ ばかりに ＋ 壞結果
		慣用：「たい／ほしい ＋ ばかりに」表願望的形式。帶有硬著頭皮做不想做的事、或不辭辛勞的涵義
		彼<ruby>かれ<rt></rt></ruby>は努力<ruby>どりょく<rt></rt></ruby>を怠<ruby>おこた<rt></rt></ruby>ったばかりに、受験<ruby>じゅけん<rt></rt></ruby>に失敗<ruby>しっぱい<rt></rt></ruby>した。
		都因為他疏於努力，才會沒考上。
		計画性<ruby>けいかくせい<rt></rt></ruby>なく仕事<ruby>しごと<rt></rt></ruby>を進<ruby>すす<rt></rt></ruby>めたばかりに、今<ruby>いま<rt></rt></ruby>になって追<ruby>お<rt></rt></ruby>い込<ruby>こ<rt></rt></ruby>まれている。
		就因為無計畫性地工作，事到如今被追趕進度。
		因為某唯一的原因（疏於努力／無計畫性工作），造成意料之外壞的消極的結果（沒考上／被追趕進度）。
		※說話者有後悔、遺憾、不滿的心情。
		≒ だけが原因<ruby>げんいん<rt></rt></ruby>で

11	**あまり（に）** 因過於／由於過度…	N2 普（ナな／Nの） ＋ あまり ↘ 只有肯定形，名詞部分常有表程度意義的詞彙，例如：嬉しさ 慣用：多為表達情感的詞彙，例如：驚き、心配、感激、懐かし さ ＋ のあまり 美しさのあまり、ずっと彼女に見とれてしまっていた。 由於實在太美了，讓我不禁一直看著她。 意指因為前句的感情、感覺程度太過度（太美），導致結果是壞的， 或是不一般、不尋常（情不自禁看著她）。有時會帶有指責、貶抑的 語氣。 ≒ すぎるので／すぎるために ※ あんまり（加強語氣）
12	**あまりの〜 に** 由於太（過 度）…所以才…	N2 あまりの ＋ N ＋ に ↘ 多會是有程度高低的名詞＝「イ〜さ」形式 慣用：あまりの ＋ 難しさ、優しさ、寒さ、寂しさ ＋ に 今年の冬はあまりの寒さに暖房が全然効かない。 今年冬天實在冷過頭，以至於暖氣完全起不了效用。 由於部分達到十分極端的程度（太冷），導致不同尋常或壞的結果出 現（用暖氣也無法去寒）。 ≒ すぎるので ※ Nのあまり
13	**が〜だけに** 因為…；但畢 竟…	N2 N ＋ が ＋ N ＋ だけに、〜 ↘ 兩個N相同 ※表示因為N是特別的，所以後句有充分理由成立。 慣用：ことがことだけに（因為事情非同小可） 彼にドタキャンされたが、事情が事情だけに、仕方がない。 我被他放了鴿子，但畢竟事發有因也莫可奈何。 使用時會反覆說同一名詞（有理由的內情），後句說明因為前句而引 發出的必然結果（莫可奈何）。 意思指從該名詞的性質判斷，可得知後句是有充分理由的必然結果。 但是需看完後句所述的性質結果，才可以判斷前句名詞的好壞性質。 ≒ 特別の〜だから

14	だけに【相符合】 正因為是…所以特別地更加…	**N2** 前句：常見「さすがに」與後面呼應 普（ナな／である／N／Nである） ＋ だけに 後句：積極或消極表現都可以使用，常會接「なおさら」
		うちの近所にある蕎麦屋は、老舗だけに、味には定評がある。 我家附近的蕎麥麵店正因是老店，所以味道更是獲得大家的好評。
		「理由、情況（老店） ＋ だけに ＋ 其相應的結果（好評）」，理所當然的相匹配的事（程度更深）（能存活這麼久的店，相匹配的就是味道比其他人好）。 ※表評價、判斷。 ≒ ので、それにふさわしく ※ だけの／だけになおさら
15	だけに【與預料相反】 a. 正因為…反倒… b. 因為…所以更…	**N2** 普（ナな／である／N／Nである） ＋ だけに 後句：多接續「かえって、なおさら」
		a. 美味しい寿司を食べられると期待していただけに、閉店していたことにガッカリした。 正因為期待吃到美味的壽司，得知倒店的消息讓人更加失落。 b. 祖母はこだわりが強いだけに、毎食5品目以上の食材を使って料理をする。 正因為阿嬤極度講究，所以每餐菜色都會用到五種以上的食材烹煮。
		a. 陳述對某事的期待（吃到美味的壽司），但結局與期待的狀況相反（倒店）。多用在不好的事情上。 b. 正因為某原因，反倒相較一般情況是更厲害的。正負評價都可用。 a. ≒ ので、反対に b. ≒ ので、もっと ※ だけの／だけにかえって
16	以上（は） 既然…就…；正因為…	**N2** 普（ナである／Nである） ＋ 以上（は） 後句：話者的判斷、意向／話者對聽者的勸導、建議、禁止命令。常見「なければならない、べきだ、つもりだ、たい、はずだ、に違いない」
		知ってしまった以上、黙って帰るわけにはいかない。 既然知道了，那就不能默默地讓你回去。 最後までやり通すと決めた以上、途中でやめることは許されない。 既然已決定要堅持到底，就絕不允許中途放棄。
		前句表示因為某個決心、責任，導致後句理所當然有義務要執行。全句表達出一種決心、判斷、勸告的態度。 ※「以上（は）」也有接續助詞的作用。 ※與「上は、からには」相似。 ≒ のだから

17	上は うえ 既然…就…	Ⓝ2 Vる／た ＋ 上は ＋ 表行為的詞句 後句：多接續「なければならない、べきだ、つもりだ、たい、はずだ、に違いない」
		かくなる上は、事実を公表するしかない。 うえ　　じじつ　こうひょう 既然事已至此，那只能公開事實了。
		前句陳述某種決心、責任感的行為（事情到此階段），後句則表達必須採取對於前句的因應措施、動作（公開事實）。後句是話者的判斷、決定或勸告，會有要負好責任、或已做好心理準備等含意在。 ※「上は」有接續助詞的作用。 ※是「以上」的書面用語。 ※與「以上（は）、からには」相似。 🔁 からは／以上 いじょう
18	から（に）は 既然…就	Ⓝ3 普（ナである／Nである） ＋ から（に）は 後句：做某事堅持到最後。多表話者意志、判斷、請求、命令或指聽者應當做某事。多接續「なければならない、べきだ、つもりだ、たい、はずだ、に違いない」
		口を出すからには、あなたにも責任の一端がある。 くち　だ　　　　　　　　　　せきにん　いったん 既然插了嘴，這責任也要算你一份。
		子どもを引き取ったからには、成人するまでしっかり育てたい。 ひ　と　　　　　　　　せいじん　　　　　　　　　そだ 既然收養了孩子，那就要好好地教養到成人。
		既然到了這種情況（插嘴／收養孩子），就要理所當然一直堅持到底（負擔責任／教養到成人）。是帶有幹勁、強烈情感的表現。 🔁 のだから／のなら ✳ からは（老式說法）
19	手前 てまえ 由於…只能…； 既然…那就…	Ⓝ1 Vる／ている／た／Nの ＋ 手前 後句：多接續表達義務、被迫的「なければならない、しないわけにはいかない、ざるを得ない、しかない」
		絶対に大丈夫だと言ってしまった手前、逃げるわけにはいかない。 ぜったい　だいじょうぶ　い　　　　　　　てまえ　に 既然說了絕對沒問題，那就不能逃避。
		由於說了某話（說沒問題）或做了某事之後，為了保全面子而做，或不做某事（逃避）。 🔁 した自分のメンツがあるから じぶん

20	**のことだから** 因為是…所以…	**N2** **N の** ＋ ことだから ＋ 推測的結論 ↘ 話者判斷的依據，大多會是「人物」 **後句**：後大多接「だろう、はずだ、はずはない、よ」 責任感の強いあなたのことだから、きっと約束を果たしてくれるでしょう。 正因是有著強烈責任感的你，所以一定能實現承諾。 前句指出說話人的判斷的根據（強烈責任感），從彼此都了解的情況或人物的行為習慣等，再以後句表示自己判斷、推測結論（能實現承諾）。 ≒ なのだから／ことから ※ 句末：のことだ
21	**ところをみると** 從…來看／判斷	**N2** ↙ 表狀態的詞句 **普（ナな／N の）** ＋ ところをみると **後句**：多接續「らしい、ようだ、に違いない」 昨日と同じ服を着ているところをみると、彼は徹夜で仕事をしたに違いないたに。 從和昨日同樣的衣服看來，他肯定是熬夜工作了。 眼前看到了某個事實（和昨日穿同樣的衣服），並以直接經驗為根據，推測出後句陳述的事情（推測熬夜工作沒洗澡或待在公司等）。 ≒ から判斷すると ※ ところをみれば／みたら／みて（も）
22	**からといって** **10** （某人）說是因為…	**N2** 普 ＋ からといって 体調が悪いからといって、彼女は早退した。 說是因為身體不舒服，她（從學校／公司）早退了。 引用別人（她）陳述的理由（身體不舒服）。 ※ 口語：からって
23	**こととて** 雖然是…也…； 由於…	**N1** **普（ナな／N の）** ＋ こととて ＋ 順接、逆接皆可 **慣用**：慣れぬこととて（由於不習慣）、高齢のこととて（由於高齢） 若者のやることとて、騒ぐにも限度がある。 雖說是年輕人所為，但吵鬧也該有個限度。 前句陳述理由（年輕人所為）或不足之處，後句表示道歉、請求原諒、謝罪等語句（請求寬待），或表示消極的結果（該有限度）。 ≒ ことだから／こととはいえ／だからとはいえ

24	**とあって** 因為／由於… （的關係）	**N1** N ＋ とあって ⤷ 在這種特別的樣子或狀態下 **後句**：以N為理由敘述話者觀察到發生的事 世界一の楽団による演奏が始まるとあって、皆、眼を輝かせていた。 因世界第一的樂團開始演奏，大家的眼睛都亮了起來。 由於前項特殊的原因（世界第一的樂團開始演奏），造成後項的特殊的狀況（大家眼睛亮起來），表示說話者對此特殊狀況的觀察（眼睛一亮），有時也會發生對此特殊狀況時判斷應採取的行動。 ※常用於新聞、報紙報導中。 ※話者不會在話題之內出現。 ※後句為話者的判斷、意志，因此不可使用推測、命令、勸誘表現。 ≒ という状況なので／ので
25	**故（に）** ゆえ 由於…所以…	**N1** 普（ナ及N可加上である） ＋ （が） ＋ 故（に） 愛猫が病気が故、本日は欠席させていただきます。 あいびょう びょうき ゆえ ほんじつ けっせき 因家中愛貓生病之故，今天不克出席。 表示原因、理由（愛貓生病）的文言用法。 ≒ のために／が原因で／ので ※ 故に（故に＝ため的古語）／故のN ゆえ ゆえ
26	**ばこそ** 就是／正是因 為…才…	**N1** **前句**：多是表示正向狀態的詞句 ば形（ナであれば／Nであれば） ＋ こそ **後句**：多接續「のだ、のです」加強語氣 君の才能を信じていればこそ、助言も厳しくなってしまうのだ。 きみ さいのう しん じょげん きび 由於信賴你的才能，建言才會嚴厲。 話者積極表示、強調就是這個原因（相信才能），這為最根本的理由（就是才能），所以才有後項的好結果或作後項的好事情（話者認為嚴厲是好的鞭策）。強調理由的感覺非常重。 ※不用於負面評價。 ※多用於文章，是鄭重的口氣，但給人感覺會有些老氣。 ≒ から／だからこそ

| 27 | **ではあるまいし**
又不是…所以…；也並非是…所以… | **N1** ↙會是極端的例子
N ＋ ではあるまいし
後句：多是話者的判斷、意見、勸告、主張、忠告等

入りたての新人ではあるまいし、ビジネスマナーくらいは守ってほしい。
又不是剛進公司的新人，希望你遵守商務上的禮儀。

話者在前句否定一個極端的例子（新人），而表示後句才是理所當然的（要懂禮儀）。帶有輕微的責難、告誡、諷刺語感。
※不能用於正式文章中。
※雖然是較為老氣的表現，但卻可以用在口語之中。

≒ ではないのだから
✳ では　＝じゃ
　あるまい＝ない
　し　　＝から |

PART07. 決定

文 法 號 碼	**文型** ぶんけい 文型中文翻譯	**文法常見句型**　　　　　　　　　　　P07.mp3 例句+例句中譯 文型解說/註解 ≒ 為同義詞，✳ 為該文型的其他形式
1	**ことになる** 42 決定／按規定…	**N3** Vる／ない ＋ ことになる a. 私はもうすぐ、結婚することになりました。 　我決定要馬上結婚。 b. 先月の人事会議で、佐藤くんは4月に転勤することになった。 　上個月的人事會議，決定了佐藤先生4月調職一事。 a. 表示約定、預定（預計結婚）。 b. 依生活中的規則、法律規定、紀律、習慣、預定、風俗等，約束人們那樣做或不那樣做。或是國家、學校、公司（調職）等團體所做決定之意。是必然會成為那樣結果的表現，也表示不是由自己意志所決定的事情（公司決定佐藤的調職）。 ≒ という決まり（預定或習俗）になっている ✳ ことになっている／ことになった／こととなる／〜ということになる

PART08. 可能、難易

文法號碼	文型 ぶんけい 文型中文翻譯	文法常見句型
		例句+例句中譯
		文型解說/註解
		≒ 為同義詞，＊ 為該文型的其他形式　　P08.mp3

1　わけにはい
かない

不能／不行／不
可…

N3　Vる　＋　わけにはいかない

妹の大好きなプリンだから、食べるわけにはいかない。
因為是妹妹最喜歡吃的布丁，所以我不能吃掉它。

心情上非常想那樣做（吃布丁），但考慮到社會上的常識、道德、理念、或心理上是（妹妹喜歡的）的原因，例如自尊或個人經驗，因此有所顧忌，所以不能去做。
※不用在以個人情況或能力當理由說無法辦到的狀況上。

≒ できない

＊ わけにもいかない

2　様がない
よう

沒辦法／無法…

N3　Vます　＋　様がない

あまりにも杜撰な計画で、手の打ち様がない。
這計劃實在太草率，無法改善。

表達想做某事，但由於不了解該怎麼做（所以計畫草率），或做了也不可能達成目標（改善），所以不能做。

≒ できない

＊ 様もない（様＝方法的意思）

3　兼ねる
か

不能／無法／不
便／難以…

N2　Vます　＋　兼ねる

慣用：決めるに決めかねる（難以決定）、見るに見かねて（不忍目睹）

どちらの選択肢も魅力的なので、決め兼ねています。
不論哪種選項都太吸引人了，實在難以決定。

因各種原因（各種吸引人的選項），即使想做（決定）、努力，也不可能的意思。屬於接尾詞。
主觀：因自己心理、情緒、感情上的原因，例如與自己的情緒相抵觸，而很難做某事的表現。
客觀：因道義上的責任，而難以做到某事。
※可以用在服務業中，表示對客人委婉的拒絕。
※可以用在商務場合中，例如：**納得し兼ねます**（難以接受）

≒ できない／しにくい

4	難い _{がた} 難以／很難／不能…	**N2** Vます ＋ 難い 慣用：信じ、許し、理解し、想像し、認め、受け入れ、言い、 　　　表し ＋ 難い あのドジな裕司_{ゆうじ}が社長_{しゃちょう}になるなんて信じ難_{しん がた}いことです。 那個冒失的裕司竟成了社長，令人難以置信。 指事情難度很高，到不可能的地步，即使想做也難以實現（冒失的人當上社長）。主要用於人的心理情緒和思考層面的事情上（難以置信），所以較偏重主觀的用法。因此是心理上的無法達成（話者心裡認為冒失是不可能當上社長），而不是實際能力上的無法達成。 ※不能表達「能力上」不能做到的狀況，例如：腳受傷的人不會以「歩_{ある}き難_{がた}い（難以行走）」這樣來說明。 ※雖用法古老，但常做慣用句使用。 ≒ するのは難_{むずか}しい
5	得る _う 能／會／有可能…	**N2** ↙ 多為無意志的動詞，例：わかる、ある、できる Vます ＋ 得る 考_{かんが}え得_うる限_{かぎ}りにおいて最善_{さいぜん}の選択_{せんたく}をしたつもりだ。 我會做出能想到的最好選擇。 前句敘述以一般道理、正常情況來看，能夠採取的動作（能想到的），後句則表示有變成這樣的可能性（選擇、選項）。 ※「得る」可視為接尾詞。 ※不表示「能力」上的可行，而是表示一種「可能性」。 ≒ できる／の可能性_{かのうせい}がある ※ 相反：得ない＝得ぬ_え（不能／不會／不可能…）
6	ようにも～ない 雖然想…但是不能…	**N1** ↗ 同一動詞 ↖ Vよう ＋ にも ＋ Vない ↘意向形（想達成的目標）　↘可能形、可能動詞、自動詞 市役所_{しやくしよ}の開庁時間_{かいちょうじかん}が過_すぎてしまったので、提出_{ていしゅつ}しようにも提出できません。 市政府已是下班時間，雖想提出申請卻無法。 雖然也想要做某事（提出申請），但有某個客觀的原因妨礙，難以實現、達成（市政府表定下班時間）。 ※多表示辯解的消極情緒。 ≒ しようと思_{おも}ってもできない／ようがない／どうしようもない／どうすることもできない

7	に難<ruby>難<rt>かた</rt></ruby>くない 可以／不難…	**N1** N／Vる　＋　に難くない ⤷ 慣用：想像（する）、理解（する）、察する、推察（する） 大切<ruby>大切<rt>たいせつ</rt></ruby>な人<ruby>人<rt>ひと</rt></ruby>を亡<ruby>亡<rt>な</rt></ruby>くした喪失感<ruby>喪失感<rt>そうしつかん</rt></ruby>は想像<ruby>想像<rt>そうぞう</rt></ruby>に難<ruby>難<rt>かた</rt></ruby>くない。 重要的人逝去所帶來的失落感，是不難想像的。 從這狀況來看（失落感），不難想像，誰都能明白第三者的立場、內心、意圖的意思。 ※多用推測、理解之意的詞彙。 ≒ できる／するのはやさしい／するのは難<ruby>難<rt>むずか</rt></ruby>しくない
8	に足<ruby>足<rt>た</rt></ruby>る 足以／值得…	**N1** Vる／動名　＋　に足る ⤷ 常見「尊敬する、信頼する、語る」等 彼<ruby>彼<rt>かれ</rt></ruby>の説<ruby>説<rt>せつ</rt></ruby>は、信頼<ruby>信頼<rt>しんらい</rt></ruby>するに足<ruby>足<rt>た</rt></ruby>る情報<ruby>情報<rt>じょうほう</rt></ruby>だ。 他所說的，是足以信賴的情報。 表示那個人、事、物很有必要做的價值（信賴），那樣做很適當。 ≒ できる／するだけの価値<ruby>価値<rt>かち</rt></ruby>がある
9	に足<ruby>足<rt>た</rt></ruby>りない ／に足<ruby>足<rt>た</rt></ruby>らない 不足以／不值得…	**N1** Vる／動名　＋　に足りない／に足らない ⤷ 常見「尊敬する、信頼する、語る」等 私<ruby>私<rt>わたし</rt></ruby>にとってそれは取<ruby>取<rt>と</rt></ruby>るに足<ruby>足<rt>た</rt></ruby>らない問題<ruby>問題<rt>もんだい</rt></ruby>だ。 對我來說，那是個不值得一提的問題。 表示沒什麼價值、沒什麼了不起，不值得去做（不值一提）。 ※「に足りない」較口語，「に足らない」則比較古語。 ≒ できない／するだけの価値<ruby>価値<rt>かち</rt></ruby>がない
10	に耐<ruby>耐<rt>た</rt></ruby>える 禁得起／值得…	**N1** Vる／動名　＋　に耐える 慣用：「～に耐えるNではない（N沒～的價值）」，表達否定 　　　意義。例如：彼の絵はまだ、コレクターが買うに耐える 　　　絵ではない。（他的畫還不是值得收藏家買的畫） 今回<ruby>今回<rt>こんかい</rt></ruby>の応募作品<ruby>応募作品<rt>おうぼさくひん</rt></ruby>は、鑑賞<ruby>鑑賞<rt>かんしょう</rt></ruby>に耐<ruby>耐<rt>た</rt></ruby>えるものが少<ruby>少<rt>すく</rt></ruby>ない。 這次的報名作品中，禁得起鑑賞的並不多。 表示那樣做有那樣做的價值，值得去評價、鑑賞的人事物。 又可以表示能夠不屈服地忍受心中的難受及壓迫感，能夠忍耐下去。 ≒ するだけの価値<ruby>価値<rt>かち</rt></ruby>がある／する能力<ruby>能力<rt>のうりょく</rt></ruby>／力量<ruby>力量<rt>りきりょう</rt></ruby>がある

11	に耐(た)えない 不堪／不值得／ 不勝…	**N1** V(る)／動名 ＋ に耐えない ↖ 常使用「読む、聞く、見る」等為數不多的動詞或表示感謝、同情等等感情的名詞 彼(かれ)の話(はなし)は程度(ていど)が低(ひく)すぎて、聞(き)くに耐(た)えない。 他的話內容程度太低，不堪入耳。 話者的感受、感情到了難以言表，難以控制的程度（聽不下去）。情緒非常不愉快，或是情況嚴重得不忍看下去、聽不下去般的難受（不堪入耳）。 ※常用來表現感謝、感慨、感激、懊悔、遺憾、悲傷、同情的感覺。 ※有時用在客套話上，多翻譯為「不勝…」。 ≒ するだけの価値(かち)がない／する能力(のうりょく)／力量(りきりょう)がない ✻ することに耐(た)えられない
12	ものではない[20] 不可能…	**N2** V(普) ＋ ものではない ↖ 多接續「できる、わかる」等 人(ひと)から頼(たの)まれたことを無碍(むげ)に断(ことわ)るものではない。 我不可能斷然拒絕他人的拜託。 強調不可能（斷然拒絕他人）的否定心情。 ✻ 口語：もんじゃない

文法號碼	文型 _{ぶんけい} 文型中文翻譯	文法常見句型 P09.mp3
		例句+例句中譯
		文型解說/註解
		≒為同義詞，⁂為該文型的其他形式

1	ように【期待】 為了／希望…	**N3** ↙非意志 $\boxed{Vる／ない／可能}$ ＋ ように 音_{おと}がよく聞_きこえるように、耳_{みみ}を澄<sub>す</sub ましてみましょう。 為了能好好地聽到聲音，請仔細聆聽吧。 期望能夠實現這一個目標（聽到聲音）。前句使用非意志動詞表示話者的期望（好好聽到聲音），後句陳述話者意志上的行動（仔細聽）。也常使用在祈求、勸告、輕微命令中。另外也能在向神明祈禱時使用，此時通常會說「～ます ＋ ように」。 ≒を期待_{きたい}して
2	んがため（に） 為了…的目的	**N1** V_{ない} ＋ んがため（に） ＋ 不加請求、命令、依賴、勸誘 ※する→せんがため（に）／来る→こんがため（に） 手柄_{てがら}を独_{ひと}り占_じめせんがため、彼_{かれ}は卑怯_{ひきょう}な手_てを使_{つか}った。 為了獨吞功勞，他用了卑鄙的手段。 前句表示為了實現目標，以無論如何都要達成的心態積極地做某事（獨吞功勞），後句為達成目標的行動（卑鄙的手段），不過多為不喜歡但卻不得不做的行為。 ※很少出現在對話中，是書面、文言的用法。 ≒ようという目的_{もくてき}をもって／ために ⁂～んがためのN／～んがためだ
3	べく 為了（想）要／打算…而做…	**N1** Vる ＋ べく ※する：「するべく」、「すべく」都OK 多_{おお}くの人_{ひと}を救_{すく}うべく、彼_{かれ}は医者_{いしゃ}の道_{みち}を志_{こころざ}した。 為了救助更多人，他打算成為一名醫生。 表達目的及個人意志（救很多人）。後句表現因此句的目的而自然而然、理所當然去做之後的事情（成為醫生），不會加委託、命令。有時帶有「這樣做天經地義」的語氣。 ※是助動詞「べし」的連用形。 ≒しようと思_{おも}って／するために ⁂べし

4	べくもない 無法／無從／不 可能…	**N1** Vる ＋ べくもない 　↖ 多是表說話者希望的動詞，例如「望む、知る」 今から東京大学への合格など望むべくもない。 現狀要考上東京大學是不可能的。 表示期望的事情（考上東大）與現實差距太大，不可能發生的意思。 動詞為「する」時的變化：するべくもない／すべくもない（較常見）都可。 **≑** はずがない／当然ながら〜できない

PART10. 經驗

文法號碼	**文型** ぶんけい 文型中文翻譯	**文法常見句型** 　　　　　　　　P10.mp3 例句+例句中譯 文型解說/註解 **≑** 為同義詞，**※** 為該文型的其他形式
1	ている （過去）曾經…	**N2** Vて ＋ いる a. ベルリンの壁は1989年に崩壊している。 　柏林圍牆過去在1989年倒塌。 b. 彼のコンサートにはもう2度行っている。 　我已去過兩次他的演唱會。 a. 將歷史性的事件、經歷作為一種記錄描述（柏林圍牆倒塌）。 b. 現在這件事（他的演唱會）與回想到的過去經歷、經驗、發生過的事情還有某種意義上的關聯（已經去過兩次）。 **≑** 過去に〜した

文法號碼	文型 ぶんけい 文型中文翻譯	文法常見句型　　　　　　　　P11.mp3 例句+例句中譯 文型解說/註解 🔛 為同義詞、※ 為該文型的其他形式

①N1 V ます／イ ぃ／ナ／ナ であり／N／N であり／（副詞）　＋　ながら
↘ 狀態性動詞、V ている、V ない

※句子不可有「命令、意志」的表達方式

慣用：勝手、いやいや、陰、及ばず、残念　＋　ながら

a. 勝手(かって)ながら、今月(こんげつ)いっぱいでこの店(みせ)を閉(し)めるつもりだ。
　雖然自作主張，但我打算在這個月之前，關掉這家店。
b. 彼(かれ)は若(わか)いながらも、ウィットに富(と)んだ発言(はつげん)をする。
　雖然他很年輕，但會發表富有機智的言論。

前句和後句是矛盾的事物。前句按照通常情況來看（即使自作主張／年輕），是不會導致後句所述的結果，然而卻出現這樣的結果（也不會決定關店／有機智的言論）。表示與意料、期待的事實相反。
a. 表示話者一種強烈的驚訝、不滿、譴責、遺憾的心情。
b. 強調後句的事不尋常。但有時候也有謹慎、謙讓的語感，通常後項是積極或肯定的內容。

🔛 のに／ですが

※ ながら も →強調語氣（較生硬）

1　ながら（も）【逆接】
雖然…但是；儘管…卻…

---

②N2 主語　＋　普（ナ な／である／N の／である）　＋　くせに　＋　主語相同的後句

彼(かれ)は金持(かねも)ちのくせに、いつもみすぼらしい格好(かっこう)をしている。
他明明就很有錢，卻總是穿得一身破舊。

あの人(ひと)は芸人(げいにん)のくせに、ちっとも面白(おもしろ)くない。
那人雖然是藝人，卻一點都不有趣。

表示逆接。前句的事實（有錢／藝人）根本不符合後句的內容（身穿破舊／不有趣），而且甚至令人覺得可笑。
表話者譴責、輕蔑、鄙視、抱怨、反駁他人短處或行為。或表示意外、不滿時也常會使用。
※常用於熟人、夥伴等較有交情的對象。
※語氣比「のに」更重。

🔛 のに

※ 通俗、會話：くせして

2　くせに
雖然…但是…；
明明…卻…

3	つつ (も) 【逆接】 卻…；雖然／明明…卻…	**N2** Vます ＋ つつ（も） ＋ 多接「てしまう」 慣用：（心理思維活動、愛憎動詞：言い、感じ、思い、知り、考え、悩み、好きになり、嫌い） ＋ つつ 申し訳ないと思いつつ（も）、友人に嘘をついてしまった。 雖然感到抱歉，但還是對朋友說了謊。 体に悪いと思いつつ、また飲み過ぎてしまった。 明明知道身體不好，卻又喝過頭了。 表示逆接。是一種言行不一的表現（感到抱歉相對於說謊／身體不好相對於喝過頭）。前句和後句是意義相反的句子。用於表示話者後悔、告白、反省、譴責等場景。 ≒ のに／ているが
4	ものの 雖然…但是…	**N2** 普（ナな／である／Nである） ＋ ものの 食材は買ったものの、何を作るか決めかねていた。 雖買好了食材，但卻無法決定要做哪些菜。 3か月で痩せてみせるとは言ったものの、現状は厳しい。 雖然說了要在三個月內瘦下來讓大家看看，現狀卻是相當困難。 表話者對於自己某狀態或某所為沒有信心，或有不滿、欠缺「消極」的意思。 前句：承認內容。姑且屬事實（買好食材／告訴大家要瘦下來），但是實際上事情卻不能按照預想進行、實現（無法決定做什麼菜／執行不了）。 後句：表相反情況。多表示預料的事情沒有發生（還沒做菜）或不可能發生（瘦不下來）。 ≒ が、しかし／けれども～ ※ とはいうものの

5	**とはいうものの** 雖說…	**N2** 普（N及ナ要加「だ」）　＋　とはいうものの a. 彼は若く見えるとはいうものの、成熟した立派な大人だ。 　雖說他看來相當年輕，但其實是個成熟並出色的成年人。 b. 男女の愛に歳の差は関係ないとはいうものの、40も歳の離れた夫婦を見ると驚きは隠せない。 　雖說男女間的愛情無關年齡，但看到相差40歲的夫妻還是難掩驚訝。 a.（承認內容）雖然承認前句所說的事情（看起來年輕），但事實上卻與前句推想（可能不成熟）出的結論不同（成熟出色的成年人）。有時帶有**消極感**。 b.（表相反情況）承認前句所說的事情（愛情無關年齡），但以退一步的姿態，提出了別的主張（看到年齡差還是會驚訝）。一樣有時帶有**消極感**。 ≒ が、しかし／けれども ＊ものの
6	**にもかかわらず** 雖然／縱使／儘管…但是／卻…	**N2** 普（ナである／Nである）　＋　にもかかわらず 　　　　　　　　↖「である」常見但非必須 平日にもかかわらず、街は多くの人で賑わっていた。 雖然是工作日，但街上人山人海的很熱鬧。 逆接表現。前句陳述預想的事態（工作日會冷清），後句表達實際情況與前句相反（人山人海很熱鬧）、矛盾。後句多帶有話者感到吃驚、意外、不滿、責難的態度。 ≒ のに／それでも／でも
7	**と（は）いっても** 雖說…但也不是…	**N3** N／普　＋　といっても 慣用：～と言っても過言ではない（說～也不為過）、～と言っても過ぎではない（說～也不為過） a. 歴史があるといっても、世界的に見れば新しい方だ。 　雖說是有歷史的，但從全世界來看還算是比較新的。 b. 隕石といっても、毎年何百個も降ってくるタイプで、そんなに珍しくない。 　雖說是隕石，但這類型每年會落下幾百顆，也不算是多珍奇。 前句先承認事實、某種說法（有歷史／隕石），後句則對前： a. 做出修正，表示以自己的判斷，實際上的狀況是如何（但也沒那麼古老，算新）。 b. 做出限制判斷，說明實際上程度、評價並沒有那麼高（隕石乍聽很顯少，但這類的其實很多）。（前句＞後句） ≒ というけれども、実は／でも ＊書面：「いかに／いかなる」＋と言えども

8	**からといって** ⑥ 即使／雖說／ （不能）僅因 為…	**N2** 普　＋　からといって 後句：多為否定，例：～とは限らない（不一定會是～）、～わけではない（並不是～） 金持ちだからといって誰もがモテるわけではない。 即使有錢，也並非誰都能受歡迎。 不能僅以前句為理由（有錢），或是認為前句因為是理所當然，而認定後句的判斷、評價是對的（受歡迎）。通常帶有話者以自身立場對現實層面的提醒或建議。 ≒ ということから当然考えられることとは違って／という理由があっても ※ 通俗：からって／文言：からとて
9	**たところ （が）** 然而／可是… 卻…	**N3** Vた　＋　ところ（が） お土産があると期待したところ、食べ物じゃなくてガッカリした。 期待有伴手禮，結果卻不是吃的，真令人失望。 逆接表現。前句表示因為某種目的抱著好意、期待（有伴手禮）或希望做的事，而後句表示事與願違，令人失望的結果（不是吃的）。 ※後句是出乎意料的客觀事實，非意志表現。 ※有時可以用在順接上。表示「剛要…；一…就…」 ≒ そうであるのに／したが、期待に反して
10	**といえども** ⑬ 雖說／儘管／即 使…也（不 能）…	**N1** 前句：多見「たとえ、いくら、いかに」 普　＋　といえども 慣用：当たらずといえども（雖不中亦不遠） 睡眠不足は美の天敵だといえども、徹夜しなくては仕事が終わらない。 雖說睡眠不足是美容的天敵，但不熬夜就無法完成工作。 ガンジーといえども、若い頃には多くの過ちを犯している。 即使是甘地，年輕時也犯過諸多錯誤。 讓步的表現。前句提出一項極端、非同尋常（甘地）或最低限度（睡眠不足）的人事物，並承認是事實（例如好人格／是美容天敵）。後句則表示即使這樣，結果並不然、不會改變，是相反的，進行完全否定（不熬也不行／犯過錯誤）。 ※後句若是否定句，且「といえども」前面接續的是單位詞，會以最低數量的「1」為單位，例：1日といえども無理だ（即使是一天也不行） ≒ であっても／といっても／でも、例外なく全て

11	**とはいえ** 雖說／雖然… 但…（前句＜後 句）	**N1** 　　　　　　　　前後句同一主詞 N／普　＋　とはいえ　＋　接話者的意見、判斷 酒は百薬の長とはいえ、飲み過ぎれば健康を害します。 雖說酒為百藥之長，但喝太多對健康有害。 郊外とはいえ、交通の便もよく、遊べる場所もたくさんあり、生活しやすい街だ。 雖然說是郊外，但這裡交通方便、也有許多娛樂場所，是生活便利的地區。 逆接、讓步表現。前句先肯定事情雖然是那樣（酒是百藥之長／郊外），而後句說明實際情況卻是這樣的結果（卻對健康有害／反而有娛樂場所，很便利）。指出問題點（有害）、不足部分、令人驚嘆部分（有許多娛樂場所，也很便利），是對前句做否定，含有矛盾的語感。（前句＜後句） ※前後句主詞同一。 ※可當接續詞。 🗣 けれども／といっても
12	**ながらも** 雖然／儘管…可 是…	**N1** V_{ます}／イぃ／ナ／ナ_{であり}／N／N_{であり}　＋　ながらも 後句：接續「狀態性動詞」或「Vている」。前後句主詞同一。 彼はもう逆転できないと分かりながらも、最後まで諦めなかった。 雖然他知道自己無法逆轉局勢，但到最後都沒有放棄。 彼の描いた絵は下手くそながらも、人の心を打つ何かがある。 他畫的畫雖然拙劣，但畫中卻有著能打動人心的東西。 逆接表現。依照通常狀況，前句的事情不會導致後句的結果（已知無法逆轉，基本上應該會放棄／繪畫拙劣，基本上不會打動人心），但是事實上卻真的導致後句的結果了（沒放棄／打動人心）。表示跟預料中不同（沒放棄／打動人心），因此前後句內容互相矛盾。表示話者驚訝、譴責、遺憾的心情。 ※前後句主詞相同。 ※語氣比「ながら」生硬。 🗣 けれども／のに／ながら ❋ ながら（較不生硬）

13	**ところを** ① 明明／本來／雖 說是…但還／ 卻…	**N1** 普（ナな／Nの） ＋ ところを 慣用：a. 勉強對方，給對方添麻煩的開場白：お疲れの／ご多忙 の／お休みの b. 委託、致歉：～ところを ＋ すみません／ありがとう 空腹（くうふく）で死（し）にかけているところを、おじいさんに助（たす）けられた。 在我本來餓得快要死去時，是爺爺救了我。 寒暄、感謝時常見的轉折、逆接表現。站在對方的立場上考慮，前句 意思是雖說是在這種情況，後句則說卻還是做了某事。表示前後句互 相矛盾、相反。表示話者的因此添了對方麻煩而表達的**謝意、歉意、** **後悔**等心情。是寒暄時慣用的表現。 🈁 に／だったのに
14	**ものを** 要是…（就好 了），可是…	**N1** ╭─ 多見「ば（よかった／いい）、なら、ても（よかった／いい）」型態 **普（ナな）** ＋ ものを ╰─ 不能用名詞 あの時（とき）、眠（ねむ）りさえしなければ、落第（らくだい）せずに済（す）んだものを。 那時要是沒有睡著，就不會考不及格了。 早（はや）く返事（へんじ）すればいいものを、後回（あとまわ）しにするから彼（かれ）を怒（おこ）らせるんだよ。 要是你早點回覆就好了，就是因為一直拖延他才會生氣。 用以表示**悔恨、不滿**現實沒按照原本的期待（飽足精神沒睡著／早點 回覆）進行。 ※「ものを」放句中，是接續助詞用法。放句末，則是終助詞用法。 ※多含不信任、不如意、不服氣、不滿、痛恨、責難、後悔的情緒。 🈁 のに～なあ
15	**（か）と思（おも）い きや** 原以為…，卻… （出乎意料）	**N1** 普／名詞形 ＋ と思いきや 後句：a. 多接「意外に、なんと、しまった、だった」 a. 彼（かれ）は絶対（ぜったい）に赤（あか）い服（ふく）で来（く）ると思（おも）いきや、珍（めずら）しく白（しろ）い服（ふく）を着（き）てきた。 原以為他絕對會穿紅色衣服，沒想到卻是難得穿了白色衣服來。 b. 溜（た）まっていた仕事（しごと）をやっと片付（かたづ）けたと思（おも）いきや、仕事（しごと）を振（ふ）られてし まった。 原以為終於可以好好整理累積的工作，卻被分配新的工作。 a. 前句表示依照一般推測，預想會有這樣的結果，後句則呼應前句， 表示竟然出乎意料地出現相反的結果。表達話者吃驚、意外、驚訝 的心情。 b. 本以為擺脫某個困境，但卻又意外陷入另外一個困難中。 ※屬於日語的古語表現，本應出現在書面上較多，但因為語感較輕 快、輕鬆，所以反而多用在會話中。 ※「と思いきや」因為有「と」，所以前面可接的詞形很廣泛。 🈁 か思（おも）ったが、そうではなくて

文法號碼	文型 ぶんけい 文型中文翻譯	文法常見句型 例句+例句中譯 文型解說/註解 ≒ 為同義詞，＊ 為該文型的其他形式　　P12.mp3
1	と【繼續】 一…就	**N3** → 同主語 ← **Vる** ＋ と ＋ 某動作。不能接話者的意志、請求 ← 「Vる」如果是現在式，則指一種經常常做的慣性行為 弟は家に帰り着くと、大きなため息をついた。 弟弟一回到家，便大大地喘了口氣。 前句動作後（回家）緊接著馬上就做了後句的動作（大喘一口氣）。 ≒ てすぐ～
2	と～た【偶然】 正在…的時候，忽然發生…	**N3** Vる ＋ と ＋ Vた ふと彼女のことを考えていると、彼女からメッセージが届きました。 正不經意地想到她，就收到了她的訊息。 表示前句的動作正在進行中時（想到她），就發生了後句的動作或事情（收到她的訊息）。後句是表示發生的實際事情（她真的發訊息來），不能表示狀態或話者的行為（是她發訊息，不是我發訊息）。 ※動詞多以「Vている」的形式呈現，會有偶然、沒想到的含意。 ≒ ちょうど、そのとき～ ＊ 口語：たら～た
3	と～た【契機】 一…就…	**N3** **Vる** ＋ と ＋ Vた ← 放行為、契機等動作 彼がギターを弾くと、傍にいた子供たちが一斉に踊り始めました。 他一彈吉他，身旁的孩子們就同時開始跳起舞。 話者在前句的事情成立契機下（彈吉他），重新認識了後句的事情、或是跟著前句狀況發生了後句的狀況（孩子們跳舞）。後句不能放話者意志有關的動詞（是孩子們自發性跳舞）。 ※情境必須是同一個場面。 ＊ 口語：たら～た
4	ば～（のに）【事實相反的假設】 如果就…好了（但…）	**N3** V假定形／イ_いければ／ナ_なら（ば）／N_なら（ば）　 ＋ 　～（のに） もっと本気でやっていたなら違う結果になっていたのに。 明明如果更認真去做的話，就會有不同結果。 前句提出與事實（其實沒認真做）相反的假設（認真做），後句對前句的事情無法實現感到遺憾或反而欣喜的心情。 ＊ ～ば～＋（のに、よかった、けれど）

5	**たら～だろう（に／のに）** 如果／要是… 就…	**N3** Vば ／イければ ／ナなら ／Nなら ＋ ～だろう（に／のに） Vたら／イかったら／ナだったら／Nだったら ＋ ～だろう（に／のに） ← 動詞部分常用「V+ていたら」表現。 あの日、君に遇えていなかったら、僕らは見知らぬ二人のままだっただろう。 那一天如果沒遇到你的話，我們卻還只是兩個陌生人而已吧。 前句假設一個與過去事實相反（沒遇到你）或與現在事實相反情況，後句話者表示前句因為的假設（沒遇到你），應該會有不同的結果吧，但事實並非如此，表現遺憾。 ※「に」、「のに」的部分是強化「事實並非如此」的遺憾感表現。 ≒ もし～たら、～のに ＊ た～だろう（に／のに） 　 丁寧：たら～でしょうに 　 ～ば～だろう→較生硬的表現
6	**と～（のに）** **【事實相反 的假設】** 如果／要是…的 話…（就更…）	**N3** 普現 ＋ と～（のに／けれど） 筋肉を付けたいのなら、タンパク質の多い物を食べるといいのに。 想要長肌肉的話，明明多吃些富含蛋白質的食物就可以了。 前句提出與事實相反（要吃蛋白質食物，但沒吃）的假設，後句則表示沒能實現的遺憾心情。 ＊ と～（のに／けれど）
7	**さえ～ば** 只要…（就…）	**N3** Vます ＋ さえすれば イく／ナで ＋ さえあれば N ＋ さえ ＋ Vば／イいければ／ナなら／Nなら 彼が権利を手放しさえすれば、この相続問題は解決する。 只要他願意釋出權利，繼承的問題就可迎刃而解。 意指只要前句成立（釋出權利），後句就一定成立（解決繼承問題）。 只需前句的最低、唯一條件實現就可以了（釋出權利），此外什麼都不需要（不需要權利以外），其他都是小問題，沒必要、沒關係的事物。 ※「さえ」有強調的作用。 ≒ ば、それだけで／その条件だけあれば ＊ さえ～たら

8	としたら 要是／假如／如果…	**N3** 常見「仮に、もし」 ＋ 普 ＋ としたら もし夢が何でも叶うとしたら、何を願いますか。 要是任何夢想都能實現的話，你的願望是什麼呢？ 前句敘述以目前訊息或現況來說現在雖不是那樣的情況，或是狀況不明，（不是什麼夢想都能實現）但如果假定為那樣情況是真的、是事實、可以實現存在的話（什麼都能實現），會是如何發展。後句多表現推測、判斷、或疑問（問對方想許什麼願望）。 ※用法是較主觀的判斷、評價。 ※可用於句首，比「とすれば」和「とすると」，更被廣泛使用。 ≒ と仮定したら ⁂ とすれば／とすると
9	とすれば 要是／假如／如果…，會導致…	**N3** 常見「仮に、もし」 ＋ 普 ＋ とすれば 鈴木君の報告が本当だとすれば、我社を揺るがす大問題だ。 如果鈴木報告的內容屬實的話，這將會是動搖公司的大問題。 前句提出在這事實、現狀的基礎上，或是根據某個判斷（如果屬實），接著後句表示話者依邏輯判斷的結果（是大問題）。 ※有話者懷疑前句是否為真的含意在。 ≒ もし～が正しければ／ということになるが／しかし～ ⁂ としたら／とすると
10	とすると 要是／假如／如果…，將會…	**N3** 常見「仮に、もし」 ＋ 普 ＋ とすると 君の言ったことが本当だとすると、この部屋は密室だということになる。 如果你說的沒錯，那這房間就是密室了。 さっき入れたのが塩だったとすると、このケーキはとても食べられたものじゃない。 如果剛剛灑的是鹽，那這個蛋糕怎樣都無法入口了。 前句提出假設（你說的沒錯／剛剛灑的是鹽），後句表達真如那樣的話，「將會」發生什麼事（是密室／無法入口）。 ※有必然、歸結的語感。 ≒ 当然～という結果になる ⁂ とすれば／としたら

11	**ないことには** 如果不／要是 不…就不…	**N2** V ない／イ くない／ナ でない／N でない ＋ ことには 後句：多接否定、消極意義的句子，如「られない、する恐れがある、兼ねない」等表現。不可加意志「つもりだ、なければならない」。 試食してみないことには、塩だったかどうかは分からない。 如果不吃吃看的話，就不知道是不是鹽了。 如果前句的事情不發生、不實現的話（試吃），後句的事情就無法實現（確認是否是鹽）。後句的事情（確認是否是鹽），前句一定需實現、發生（一定要試吃），否則無法成立。 ※多表示話者消極的情緒。 ≒ しなければ／なければ／なくては 含強烈恐懼不安情緒：しなければ不可能だ／しなければ悪い結果となる
12	**ものなら** 如果能／要是 能…的話…就…	**N2** V る ＋ ものなら ← 可能形、自動詞、狀態動詞 後句：希望、命令（形）表現。表示話者意志。 塩を入れる前に戻れるものなら、戻りたいよ。 要是能回到灑鹽之前的話，我想回去！ 前句提出辦不到或很難實現（事情已過），不過卻很期待能實現的事情（回到灑鹽之前）。後句表明話者基於前句假設的事情，所表示的期待及希望（想回到過去）。 ※如果前後句動詞相同，表示強調不可能。話者有向對方挑戰、放任去做或僥倖期待的心情，因此後句多接「てみろ」、「てみせろ」。這種表現方法容易招致口角、衝突，使用上務必小心。 ≒ もしできるなら～ ＊口語：もんなら
13	**ようものなら** 萬一…就會…／ 如果那麼做了的 話…	**N2** V（よ）う ＋ ものなら 後句：多接「兼ねない、恐れがある、ぐらいでは済まない」等表現。 おやつにこのケーキを食べようものなら、弟がどうなるか分からない。 萬一把這蛋糕當點心吃下去，不知道弟弟會發生什麼事。 以前句的意志、推量行動、狀態為契機（當點心吃了），會出現某種負面的結果（不知道弟弟會怎樣）。指萬一變成那樣的話，事態將會十分嚴重（例如弟弟發飆等）。是一種誇張的敘述方式。 ※強調擔心、恐慌、不安的心情。 ≒ もし～のようなことをしたら ≒ もし～のようなことになったら ＊口語：ようもんなら

14	を抜きにしては 如果去掉／抽去 ／不考慮的話… 就…	ⓃN2 〔N〕 ＋ を抜きにしては ＋ 表不能做、難以做的否定句 ↖ 話者評價較高的人事物 皆さんの協力を抜きにしては、この夢はとても達成できませんでした。 如果沒有大家的協助，這個夢想是不可能達成的。 如果不把前句的事情考慮進去（大家的協助），那麼後句的事情就難以發生、實現（無法達成夢想）。表示如果沒有前句，後句就很難成立。 ≒ を考えに入れずには～／しないで～する／を除いて～する ※ を抜きには／を抜きでは 〔35〕
15	ないかぎり 除非／只要不／ 要是不…否則 就…	ⓃN2 Vない ＋ かぎり ＋ 表否定、困難的句子 きちんと理由を話さないかぎり、外出の許可は出せません。 要是不好好地說明理由，是無法得到外出許可的。 只要前句沒有滿足（也就是不說理由），不發生變化，那後句也不會實現（得到外出許可），不會發生。但如果相反地，前句有滿足條件、發生變化，而後句也會隨之改變。 ≒ ないなら／なければ
16	となると 【新事情的 假設】 要是／如果…那 就…	ⓃN2 N ＋ となると 普 ＋ となると 〔慣用〕：いざとなると（到了關鍵時刻／萬一…） 彼はいつも弱々しいが、いざとなると、とても頼り甲斐がある。 他平時看來雖弱不禁風，但一旦有事情時，相當值得信賴。 表示如果發生那樣事情的話（有事情），理所當然會有別的新事情發生（是值得信賴的）。前句和後句互相呼應，前句可以是做尚未發生的假設，也可以是已發生的假設。後句表示話者的判斷，但是不可以表現話者的意向。 ≒ もしそうなった場合は～／そうなったのなら～ ※ 既／假定：と（も）なれば、となったら、既定：となっては＋不好的事態、結果

17	**たら最後** さいご 一旦…就（糟了、非得、必須）…	**N1** V_{たら／たが} ＋ 最後 ＋ 句尾常用否定可能形

17

たら最後（さいご）

一旦…就（糟了、非得、必須）…

N1 Vたら／たが ＋ 最後 ＋ 句尾常用否定可能形

a. カレーマニアとしては新しいカレー屋を見つけたら最後、試してみず
にはいられない。
（あたら）（や）（み）（さいご）（ため）
身為咖哩狂熱者，一旦看到了新開的咖哩店，就非得要吃看看。

b. 彼に目を付けられたが最後、絶対に誤魔化すことはできないよ。
（かれ）（め）（つ）（さいご）（ぜったい）（ごまか）
一旦被他盯上了，就絕對無法唬弄他。

前句：一旦做了、發生某事（發現新咖啡店／被盯上）。

後句：a. 非得作後句不可（要吃吃看）（表示話者的意志）
b. 絕不可能有好結果，必然發生的事態、狀況（無法唬弄他）。表示消極的態度。

※「最後」這一詞，表示一種無後路的感覺。

≒ もし～のようなことをしたら、もし～のようなことになったら

※ たが最後（たら較口語）（さいご）

18

なくして（は）

如果沒有…就不…

N1 N ＋ なくして（は） ＋ 否定意義的句子（消極的結果）

↖ 被受盼望意思的名詞，例：「努力、愛、協力」

健全な体なくしては、健やかな精神を保つことはできない。
（けんぜん）（からだ）（すこ）（せいしん）（たも）
如果沒有健康的身體，就不能保有健全的精神。

如果沒有前句這個非得不可的條件（健康的身體），後句的事情要做
什麼都很困難，很難實現（保有健全的精神）。

※「て（は）」表示條件。

≒ がなければ～ない

※ 口語：～なかったら

19

とあれば

如果為了／說是…就一定…

N1 N ＋ とあれば ＋ 不接請求、勸誘的句子

慣用：ため ＋ とあれば

a. 子供のためとあれば、何でもする。
（こども）（なん）
如果是為了孩子，我什麼都願意做。

b. かわいい猫の写真が撮れるとあれば、離島までも出掛けて行く。
（ねこ）（しゃしん）（と）（りとう）（でか）（い）
如果為了能拍可愛貓咪的照片，離島也肯去。

a. 如果為了前句的人（小孩）或事，則有必要或不得不那麼做。會盡
最大努力去做（什麼都做）。

b. 如果為了前句的人或事（拍貓咪照），後句的行動是可以接受的
（能接受去離島）。

≒ もし～なら／～ならば

20	**ならまだしも** 若是…還算（好說／可以）…但…	**N1** 普（常會加上副助詞「だけ、ぐらい、くらい」）　＋　なら まだしも **後句**：多見「とは、なんて」等表示驚訝的句子，和前句相呼應 うちの娘をお茶に誘うだけならまだしも、旅行に誘うのは断じて許せない。 若只是約我女兒喝茶的話還行，但旅行的話就決不容許！ 一種表示不滿意，但還勉強能接受（喝茶的程度可以）的表現。不是一種積極的肯定。 ※「ならまだしも」的「まだ」表示「還…／尚且…」。 ※是「まだ（尚且…）」的強調說法。 ≒ よくないがそれでも ＊ はまだしも
21	**とあっては** 如果是／要是…	**N1** Vる／N　＋　とあっては　＋　否定、消極的句子 社長の鶴の一声とあっては、やらない訳にはいかない。 既然是社長一聲令下，不得不做。 假定關係表現。前句表示如果是某特別狀況的場合（社長一聲令下），那麼在那種狀況下當然會發生某事，或是應採取某行動（不得不做）。
22	**なしに（は）〜ない** 沒有…就不…	**N1** N　＋　なしに（は）　＋　帶有否定、不可能意義的句子 書き続けることなしに、小説家にはなれない。 沒有持續寫作下去的話，就無法成為小說家。 指如果沒有前句的事情（持續寫作），就不會有後句的事情發生（繼續當小說家）。也可指沒有前句的行動，後句是不能行動的。 ≒ ないで、なく ＊ なしでは／ことなしに（は）／ことなしでは

文法號碼	文型 ぶんけい 文型中文翻譯	文法常見句型　　　　　　　　P13.mp3 例句+例句中譯 文型解說/註解 🈀 為同義詞、※ 為該文型的其他形式
1	たとえ〜ても 即使／哪怕…也…	❸ たとえ ＋ て形（ナで/Nで） ＋ も たとえ間違ったとしても、彼なら許してくれるよ。 即使搞錯，他的話還是會原諒我。 逆接假定表現。即使前句極端的例子成立（搞錯），也還是要做後句的事情，或是後句也還是會到這樣的後果、事態（他會原諒我）。 🈀 もし〜ということになっても／もし〜だとしても ※ たとい〜ても（較硬）
2	としても 假使…也…	❸ 前句：多見「たとえ、仮に、疑問詞」 普 ＋ としても＋ 話者的主張、意見 何も与えられなかったとしても、与えようという姿勢が大切だ。 假使什麼都沒辦法給予，但擺出樂於施捨的態度是很重要的。 即使前句是成立的、是事實（什麼都無法給），但因為後句所主張的（態度很重要）讓前句無法起效用（意指前句本該是「能給予」），後句通常是一種否定、消極（還是得擺出態度）的說法。 ※表示後句與預想的前句相反、不符。 🈀 と仮定しても／その場合でも ※ 通俗口語：としたって
3	にしろ a. 就算／假使/ 即使..也.. b. 無論…都…	❷ 前句：多見「いくら、たとえ、仮に、疑問詞」 a. 普（ナである/Nである） ＋ にしろ b. 疑問詞 ＋ にしろ 後句：話者的主張、評價、判斷、責備或難以接受的想法 a. 子供にしろ大人にしろ、図書館では静かにしなければならない。 無論是大人還是小孩，在圖書館都得保持安靜。 b. 応募者の誰を採用するにしろ、彼らが優秀な人材であることに変わりはない。 無論採用哪位應徵者，都不會改變他們是優秀人才的事實。 讓步表現。先退讓一步承認前句的內容（大人或小孩／不管採用誰），後句再提出矛盾、相反的意見、想法（都得安靜／他們都是優秀的）。 ※與「にせよ、にしても、わりに〜だとしても」同意，但表現較生硬、鄭重。 🈀 と仮定しても ※ にせよ／にしても／わりに〜だとしても

4	**にせよ** a. 不管／即使… b. 無論…都…	**N2** **前句**：多見「いくら、たとえ、仮に、疑問詞」 a. 普（ナである／N／Nである）　＋　にせよ b. 疑問詞　＋　にせよ **後句**：話者的主張、評價、判斷、難以接受的想法、責備 a. 実の弟の頼みにせよ、ない袖は振れない。 　即使是親弟弟的要求，我也無能為力。 b. どんなにひどい喧嘩をしたにせよ、親子の縁は簡単には切れない。 　不管吵得多兇，親子間的緣分是無法簡單斷開的 讓步表現。退一步承認前句的事實（親弟弟／吵得很兇），然後在後句提出跟前句矛盾、相反的意見、主張、判斷等（無能為力／無法斷緣）。 ≒ と仮定しても／としても ※ にしろ／にしても／わりに〜だとしても／にもせよ
5	**にしても【逆接假設】** 就算／假使…也…	**N2** **前句**：表讓步時多見「いくら、どんなに」 　　　 表假定時多見「たとえ、仮に、疑問詞」 普（ナ／ナである／N／Nである）　＋　にしても **後句**：話者意見、主張、評價、懷疑、判斷、難以接受的想法、責備 a. いくら外が騒がしかったにしても、電話の音に気付かないはずがない。 　就算外面多吵，也不可能沒注意到電話聲。 b. 何にしても、無条件で賛成しよう。 　無論如何，我都無條件支持。 c. 馬謖にしても、例外ではなかったということだね。 　就算是馬謖，也不是例外。 N為人物時，表示「站在N的立場推測N的想法」。 a. 前句先退一步，承認前句的條件（外面吵），接著後句表示跟前句矛盾的內容（照理說不會注意到電話聲，但話者主張能聽到電話聲的矛盾判斷）。 b. 疑問詞／いずれ／だれ／なに　＋　にしても（無論…） c. 「人物名詞　＋　にしても」表示即使有某身分或處在某立場（馬謖），也都不例外。 ≒ のはわかるが、しかし／も、としても／と仮定しても ※ としても／口語：にしたって／生硬：にしろ／にせよ

6	たところで（〜ない） 即使／頂多…也不…	**N1** 前句：有時用「どんなに、いくら、何回、たとえ、疑問詞、量詞」呼應後句 Vた ＋ ところで（〜ない） 後句：多見表示否定的「無駄だ、無意味だ、無理だ」或表示少量的詞。屬於話者主觀判斷、推測。不能表示意志、願望，不能敘述既定事實。不能是過去式。 もうこれ以上話し合ったところで、合意はできそうにない。 即使繼續對話，也不像是能達成共識。 今から走って帰ったところで、ドラマの時間には間に合わない。 即使現在用跑的回家，也趕不上看連續劇的時間。 逆接表現。表示即使做了前句的事情（繼續對話／用跑的回家），得到的結果也是跟預期中的相反（看起來不會達成共識／趕不上看連續劇），或只能達成最低限度的期望。所以通常有無用、無益的概念在（繼續對話沒用處／用跑的也沒有用）。 ※有時有沒什麼大不了的語氣。 ≒ ても
7	といえども **11** 雖說…但也…	**N1** 前句：有時用「たとえ、いくら、いかに」呼應後句 N／普 ＋ といえども 若者といえども、きちんと礼儀を守る人も大勢いる。 雖說是年輕人，但也有許多人是規規矩矩地遵守禮儀的。 前句提出一個極端的例子，承認是事實（年輕人），後句表現逆接轉折（規矩守禮儀），陳述一般來說，應該是有這樣既定的印象、特徵或是評價（年輕人就是沒規矩、不守禮儀），但卻相反、與前句事實不然的事情（卻是規矩且守禮儀的）。 ※帶有表示話者「強烈的主張」的語感。 ≒ であっても／といっても／だが／ても、例外なく全て〜

8	**であれ** 即使是…也…／ 不管是…都…	**N1** 前句：有時用「たとえ、どんな、何、疑問詞」呼應後句 N ＋ であれ 後句：表示事態還是一樣之意的句子，是話者主觀的判斷、推測。 a. 自分の使命が何であれ、全身全霊でやり遂げることに意味がある。 無論自己的使命為何，全心全靈地做到最後是有意義的。 b. たとえ薄給であれ、自分の好きなことを仕事にできて幸せだ。 即使薪水微薄，能從事自己喜歡的工作是幸福的。 a. 無論前句是不同尋常或是無論怎麼變化、是什麼狀況（自己的使命），後句的實情都不會因此而改變，事態依舊如此（話者主觀判斷全心全意做到最後是有意義的，不會因此而放棄做到最後）。 b. 前句表示雖然處在逆境上（薪水微薄），但卻是滿足的（能做自己喜歡的工作很幸福）。表示雖不盡完美，但甘之如飴。 ≒ でも ＊ であろうと
9	**ようが～まいが** 17 不管／無論是… 還是不…都…	**N1** V(よ)う／ナだろう／Nだろう ＋ が ＋ Vる／ナである／Nである ＋ まいが 真実だろうが真実であるまいが、私は彼女の言ったことを信じる。 無論是真的也好，不是也罷，我都相信她說的話。 彼が行こうが行くまいが、それは彼が決めるべき問題だ。 不管他去或不去，這都是他應該要決定的問題。 逆接表現。無論前句做不做、是不是這樣（是否真實／去不去），結果都不會受前句的約束而改變，事情照樣成立（相信她／他該自己解決）。 ≒ もし～ても～なくても ＊ （よ）うと～まいと 　よう的古老否定形：まい

10	ようが 無論／不管／即使…都…	**N1** 前句：多見「たとえ、疑問詞」強調「預期」。 V(よ)う／イ(いかろう)／ナ(だろう)／N だろう　＋　が 後句：多接「影響されない、自由だ、平気だ、自由だ、勝手だ、かまわない、関係ない」等表示與我無關、隨便你的表現。 世間からどんなに白い目で見られようが、あの人は意にも介さない。 無論世間如何冷眼看待，那個人都不在意。 逆接假設表現。前句假設出現某種情況（世間冷眼看待），後句表示事情的結果還是不會改變，不受影響。也沒關係、不礙事（不介意）。 ※表主觀意志，強調解釋說明、主張、決心、推測、勸誘，常接表示評價、決心、要求的說法。 ≒ ても（無関係） ＊ ようと（も）
11	ようが～ようが 不管是…還是…；…也好…也好	**N1** V(よ)う／イ(いかろう)／ナ(だろう)／N だろう　＋　が　＋ V(よ)う／イ(いかろう)／ナ(だろう)／N だろう　＋　が 外が暑かろうが、寒かろうが外出しないわけにはいかない。 不管外面是熱還是冷，都得要出去。 増築しようが改築しようが、あなたの自由です。 增建也好，改建也好，都是你的自由。 表示無論採取什麼行動、或是什麼情況（冷或熱／增建或改建），結果都會成立而不會改變、沒有關係（你的自由）、或是還是得必須這麼做（得要出去）。 ※前後句放「意義相近」或「意義相反」的組合。 ≒ ても ＊ （よ）うと～（よ）うと
12	につけ～につけ 無論…都…	**N1** Vる／イい／ナ／N　＋　につけ　＋ Vる／イい／ナ／N　＋　につけ 慣用：何事につけ（無論什麼事）、何かにつけ（每當有個什麼契機） 良きにつけ悪しきにつけ、時の流れに身を任せる他ない。 無論好壞，我們都別無選擇，只能隨時間流逝。 同「ようが～ようが」。 ≒ ても ＊ （よ）うと～（よ）うと

PART14. 動作的開始與結束

文法號碼	文型 ぶんけい 文型中文翻譯	文法常見句型 P14.mp3
		例句+例句中譯
		文型解說/註解
		≡ 為同義詞，✳ 為該文型的其他形式

1	**てみせる** 做給…看	**N3** Vて ＋ みせる a. 僕の推理でこの事件を必ず解決してみせる。祖父の名に懸けて。 　我以爺爺的名字發誓，會努力以推理解決這事件給你看。 b. 彼はみんなの前でおどけてみせた。 　他在大家面前搞笑。 a. 話者語氣強烈地向別人表示自己一定會努力達成某事（以推理解決事情），顯示一種強烈的決心跟意志，展現自己的力量。某種層面也是透過向別人展示這樣的態度而達到激勵自我的表現。 b. 透過實際動作介紹、示範某事物（搞笑），讓聽者能明白了解（註：文中沒講明想讓對方了解的內容）。 ≡ がんばって～するつもりだ
2	**切る** き a. …完／完全； 　到極限 b. …切斷、斷然 c. 非常…／堅 　決…	**N3** Vます ＋ 切る **慣用**：数え切れない（數不清）、あきらめきれない（無法斷念） a. 10万字に渡る論文を遂に書き切った。 　我終於寫完了超過十萬字的論文。 b. 思い切った決断。 　當機立斷。 c. 持てる力の全てを出し切った。 　用盡所有力量。 a. 完了：表示把事情全部做完（寫完），到最後一直做、做到底，表示已達到極限。 b. 斷然、絕然：如字面是「切斷」的意思，依此衍伸出「讓…結束」、「使之…斷念」，一種強烈的中斷表現（不再想下去，想通了）。 c. 非常：表示十分有自信實現某個行動（有自信地『拿出』力量）。 a. ≡ 全部～する、終わるまで～する b. ≡ 強く～する c. ≡ 十分に～する ✳ きれる（能夠完全）／きれない（無法完全）／きって／きった

N2 Vます ＋ 抜く

c. 慣用：やりぬく（貫徹始終）

a. 苦しみの末、父は最期まで闘い抜いた。
一直到痛苦的結尾，父親還是奮戰到最後為止。

b. 犬は飼い主の心の内を見抜いているかのように寄り添ってくれる。
狗會如看得懂飼主的內心般的陪伴在身旁。

c. 既に勝負はついていたとしても、やり抜くことに意味がある。
即便勝負已分，但堅持到最後還是有意義的。

a. 表示堅持到最後（例如死亡），痛苦地把某事徹底做到最後、做完（例如接受治療）。戰勝困難（例如死亡解脫）。

b. 完全…（完全知道飼主在想什麼）。

c. 徹底…（徹底做到最後）。

a. 🔁 最後まで～する

b. 🔁 完全に～する

c. 🔁 徹底的に～する

3 抜く
a. …做到底
b. 完全…
c. 徹底…

N3 Vます ＋ かける

b. 慣用：人に相談を持ちかける（和別人商量）、問いかける（詢問）、語りかける（搭話）、誘いかける（邀請）

a. もうダメだと諦めかけたとき、仲間に救われた。
在快撐不下去要放棄時，是夥伴救了我。

b. 彼は綺麗な女の子にずっと話しかけている。
他一直對漂亮女生搭話。

c. 彼の部屋には食べかけのお菓子がそこかしこにある。
他的房間到處是沒吃完的零食。

a. 狀態：表示臨界某狀態之時（撐不下去）。通常連接「死ぬ、止まる、入る、立つ」等瞬間動詞。

b. 對象：表示對某人做某事（對漂亮女生做搭話這件事）。常有「話しかける（攀談）、呼びかける（叫住）、笑いかける（面帶微笑）」等表現。

c. 中途：表示某行為（吃）、狀態、事件已經開始，進行一半途中（吃一半），還沒完成（還沒吃完）。

a. 🔁 もうすぐ～

b. 🔁 言葉を発する

c. 🔁 途中まで～して／し終わらない

　※ かけのN／かけた

4 かける
a. 快…了
b. 對…
c. 做一半／剛（開始）還沒…完

文法號碼	文型 ぶんけい 文型中文翻譯	文法常見句型　　　　　　　　P15.mp3 例句+例句中譯 文型解說/註解 ≒ 為同義詞，※ 為該文型的其他形式

1　げ（ナ）
…的樣子／的感覺

N2 前句：多見「さも、いかにも」
Vます／イい／ナ　＋　げ
慣用：あり／寂し／恥ずかし／不安／懐かし　＋　げ

いつも暗い彼が、珍しく楽しげに踊っている。
總是很陰沉的他，很難得地露出開心的樣子跳著舞。

從外表、視覺印象進行推斷（推斷他很開心），感覺帶有某種樣子、狀態、傾向、心情、感覺、氛圍（開心）。這種說法有一種雖說不上是這種感覺，但也快接近像這樣的感覺的程度。
※不可對長者或上司使用。

≒ そう
※ げ（に）／げ（な）

2　ようにして
如同…／稍微…

N2 Vる　＋　ようにして

少なめの油で、揚げるように焼くと、ヘルシーになります。
用較少的油稍微像是油炸般的烤，會比較健康。

指實際上並不完全做下去（實際上不是滑走），只是稍微做一下那種動作的樣子（已經近似滑走的動作，但還不算滑走）。
≒ 少しそのような動作をして

3　だらけ
滿是／淨是／全是／到處是…

N3 N　＋　だらけ → 結尾詞
慣用：ほこり／ごみ／穴／間違い／借金　＋　だらけ

友人から借りた本は、難しい言葉だらけで読むのが辛かった。
從朋友那邊借來的書，因為淨是很難的用語，讀起來很辛苦。

私のお気に入りの毛布は、穴だらけだが捨てられない。
我喜歡的毯子雖然滿是洞，但沒辦法丟。

表示肉眼所見的到處都是過多的某個不好的東西的樣子（難度高的用語／破洞）。常表示話者的負面評價。
※跟「まみれ」不同的是，這種滿滿的樣子是有空隙的，東一些、西一些的意思。因此，如果背上的衣服用「血だらけ」敘述，則是指血漬東一塊、西一塊，而如果用「血まみれ」的話，較有背上的血是一大片的概念。

≒ みたところ〜がたくさんある／よくない〜がたくさんついている

4	ながら（に、も、の）【保持狀態】 保持…狀態／樣貌／狀	**N1** N／Vます + ながら（に、も、の） 慣用：a. 涙ながらに＝涙を流して（流著淚） 　　　　b. 生まれながらに（して）＝生まれつき（天生） 　　　　c. 昔ながらの＝昔のまま（一如既往） 彼女は、辛かった過去を涙ながらに語った。 她邊流淚邊說著自己辛苦的過去。 老舗の蕎麦屋では、昔ながらのやり方で蕎麦を提供している。 老店的蕎麥麵店，仍保持著以往的做法來提供客人蕎麥麵。 保持原樣不變（流淚／以往的料理方式），一直持續下去（流淚說著話／用這種方式料理販售）。 ≒ の状態のまま
5	とばかり（に） 顯出…的神態；幾乎要說…	**N1** 丁／普 + とばかりに 後句：多接續表示「很強的態勢」、「激烈動作」的詞句 一気に勝負を終わらせようとばかりに、猛攻撃を仕掛けた。 顯出想要快速地分出勝負的樣子，發出了猛烈攻擊。 雖然沒有說出來（想快速分出勝負），但是從態度、表情、動作已經表現出樣子來了（猛烈攻擊）。有幾乎要說出、做出前句的樣子，然後來說出、做出後句的行為。 ※描述別人的樣子，不是話者自己。 ≒ いかにも～というような様子で／と言わんばかり ※ と言わんばかりに
6	んばかりに 眼看就要／幾乎要…了	**N1** Vないん + ばかりに ※V為「する」時變化成→せん + ばかりに 彼女は今にも泣き出さんばかりに落ち込んだ表情を見せた。 她露出了一副幾乎要哭的失落表情。 幾乎要到某個狀態（哭出來），這個狀態的程度已經達到高峰，或甚至已經進入這樣的狀態（例如眼眶泛淚），可能馬上就要發生。通常表示這種狀態已經很嚴重了。 ※描述別人的樣子，不是話者自己。 ≒ ほとんど～しそうな様子で ※ ん＝ない＝ぬ 　んばかりのN／んばかりだ（句尾）

7	**ともなく** 不經意／無意中 ／下意識…	**N1** a. 疑問詞　＋　（動詞、助詞）ともなく →意圖不明確，說不清何時何地做了後項的事。 慣用：いつから、どこへ　＋　ともなく 　　　　↙ 動作性動詞（或意義相似的詞） b. V る　＋　ともなく　＋　動作性動詞（或意義相似的詞） 　　例：「見る、眺める、言う、聞く、考える」↗ a. どこへ行くともなく近所をぶらぶら散歩した。 　並非想走去哪裡，無意中就變成了在附近散步。 b. 祖父は冬の空を見るともなくただ眺めていた。 　爺爺並非望著冬日的天空，只是無意識地眺望。 a. 不經意，沒有意圖或特別目的、對象做了某件事（沒有目的地），而發生了意想不到的事或意外的情況（變成在散步）。 b. 無意識做出某個行為（眺望），產生了意外的行為（變成在看天空），這種行為通常動作、狀態都不太明確。 ≒ 特にそうしようといろつもりでなく ※ ともなしに
8	**まみれ** 滿是／渾身是／ 沾滿…	**N1** N　＋　まみれ 慣用：借金まみれになる（欠了一屁股的債。） 　　　例：泥、汗、ほこり　＋　まみれ 整備工の彼の手はいつも油まみれだ。 身為維修員的他，雙手總是沾滿油漬。 表示負面的事物，例如令人不快的液體（油漬）、細碎物、雜亂骯髒的東西佈滿物體表面，非常骯髒的樣子。不會用在身體上的變化，而如果用在金錢上，則是有感到困擾、不高興的涵義在。 ※跟「だらけ」不同的是，這種滿滿的樣子是無空隙的，整個一大片的樣子。因此，如果衣服背上是「血まみれ」的話，是指衣服背上有一大片血，而如果用「血だらけ」敘述，則是指血漬東一塊、西一塊的樣子。因此以下例子都是錯誤的：「傷まみれ、しわまみれ、間違いまみれ」。 ≒ たくさんついている

9	ずくめ 清一色…；淨是…；充滿了…	N1 N ＋ ずくめ 慣用：ごちそう、宝石、けっこう、白、黒 ＋ ずくめ 慣用：負面意義：ルール、残業 ＋ ずくめ a. 街を歩いていると、黒ずくめの集団に出くわしギョッとした。 走在街道上，偶然碰見清一色著黑衣的集團，令我心頭一驚。 b. 今年は色々な異常気象が重なり、記録ずくめの夏となった。 今年異常氣象迭出，成了一個充滿著新紀錄的夏天。 早起きは、精神的にも肉体的にもいいことずくめですよ。 早起對精神和身體都充滿好處。 a. 表示身邊全是這些東西，毫無例外，可用在物品、顏色（黑色）等。 b. 表示事情接連不斷發生（氣象異常，一直紀錄／精神與肉體等多項好處不斷出現）。 ≒ が多い／が身の回りに続いて起こる
10	てはばからない 毫無顧忌／畏懼…／不怕…	N1 前句：多強調說話的動詞：「言う、断言する、公言する」 Vて ＋ はばからない 彼は愛妻家であることを公言してはばからない。 他毫無顧忌地公開自己是疼愛老婆的人。 わが社のエースは、自分に売れないものはないと断言してはばからない。 我們公司的王牌，毫無顧忌地斷定地說沒有自己賣不出去的東西。 前句多接跟說話相關的動詞（公開說／斷言），表示毫無顧忌地進行前句的行為（言論）。 ※這個文型源自「憚る」的否定形。 ≒ 少しの遠慮もなく～する
11	ぶり a. …貌／樣子／狀態 b. 相隔…	N2 a. Vます／N ＋ ぶり b. 時間／期間 ＋ ぶり a. 彼のカラオケでの歌いぶりの良さは見ていて楽しい。 他在卡啦OK／KTV唱得很好的樣子，令人看得就覺得很高興。 b. 1年ぶりに会った彼女は、どこか大人びて見えた。 和她相隔一年不見，某些地方令人感覺很有大人樣了。 a. 意指「搭配的動詞（唱歌）或名詞」的樣子、狀態或情況。 b. 表示時間相隔多久（1年）的意思，通常帶有話者感覺時間隔了很久的語感。 a. ≒ 様子／姿 b. ≒ それだけの時間が経過した ＊ っぷり（更強調語氣）

文法號碼	文型 ぶんけい 文型中文翻譯	文法常見句型 例句+例句中譯 文型解説/註解 ≒ 為同義詞，※ 為該文型的其他形式	P16.mp3
1	かと思うほ ど 簡直像…	**N3** 普（ナだ／Nだ）　+　かと思うほど 彼女の踊る姿は、都会に舞い降りた妖精かと思うほど美しい。 她起舞的樣子，簡直像輕舞降落在都市的妖精般美麗。 是一種比喻說法（像妖精）。表示現實上並沒有那樣（不是妖精），但以感覺上來說，已經到了那種程度很深的極端狀態了（美到像妖精）。 ≒ まるで～かのように	
2	かのように 好像／似乎像… 一樣	**N2** 前句：多見「まるで、あたかも、さも、いかにも」 普（ナである／N／Nである）　+　かのように 慣用：生きているかのようだ（栩栩如生） 　　　Aか何かのように（像是當A一般） 彼の作るカレーは、本場で修行してきたかのように美味しい。 他做的咖哩飯，就像是在正宗發源地修行過一般美味。 是一種比喻說法。表示雖然實際上不是這樣（實際上沒去修行），但因為事物的狀態、性質等如同那樣（美味），所以用一種比較具體但誇張（像是在發源地修行過）的敘述，幫助他人理解被比喻的東西是什麼樣子。有時帶有責難、輕蔑的涵義。 ※是種文學性的描寫。 ≒ まるで～ように ※ かのようなN／かのようだ （か→終助詞）	

3

ごと
如き

像…的樣子／如
同…／宛如…

N1 前句：多見「とかく」

普（ナ_な／である／N_の／である）＋ 如き

a. 彼は荒れ狂う嵐が如く怒りを周囲にぶつけている。
   他那狂亂宛如暴風雨般的怒氣，猛烈襲擊著四周。

b. モーツァルトの如き音楽家はもうこの世に生まれないだろう。
   像莫札特那樣子的音樂家，不會再誕生在世上了吧。

c. 光陰は矢の如し。
   光陰似箭。

a. 比喻：事實並非這樣（暴風雨），但如果要打個比方的話，看上去
   是這樣的（如暴風雨般襲擊四周）。

b. 舉例：通常提出一個同性質的人事物（莫札特），表示句中的主角
   如同那個例子般（不會再有第二位）。

c. 慣用語、諺語。

※「如き」是「如し」的連體形。「如く」是「如し」的連用形。
「如し」也是「ようだ」的古語。

≒ のような

※如く（句中）／如し（句末）／Nの如きN／Nの如く＋N外的形

文法號碼	文型 ぶんけい 文型中文翻譯	文法常見句型　　　　　　　　　　　P17.mp3 例句+例句中譯 文型解說/註解 〓 為同義詞，＊ 為該文型的其他形式
1	がち（ナ、N） 容易／愛／動不動／常常…	**N3** 前句：多見表示頻率高的副詞「とかく、よく、いつも」 Vます／N ＋ がち ＋ 多用於不好、消極的方面 慣用：忘れ、遠慮、怠け、病気、遅れ ＋ がち a. 慣れないとやりがちなミスだから、気を付けよう。 　不習慣的時候很容易出這種錯，要多加小心。 b. 甥っ子はいつも約束に遅れがちだ。 　外甥總是愛遲到。 a. 表示雖然無意（只是不習慣，不是刻意的），但往往容易不由自主陷入某種狀態（出錯），或常這樣做。 b. 表示某種次數很多，頻率很高（遲到），比例很大。 ※是種負面評價的用法。 〓 よく～になる／の状態になることが多い／の傾向がある ＊ がちのN／がちに／がちなN
2	っぽい（イ） 感覺（看起來）像…；總是…；有…傾向	**N3** Vます／N ＋ っぽい 慣用：男、嘘、疲れ、飽き、子供、怒り、忘れ ＋ っぽい 例：色っぽい（妖豔的） a. ずっと家を空けていたので、なんだかほこりっぽい。 　由於經常不在家關係，感覺家裡灰塵很多。 b. 兄は忘れっぽい性格なので、よく約束をすっぽかす。 　哥哥總是很健忘，所以常放人鴿子。 a. 指某種成分、性質、狀態的特性較為濃厚（都是灰塵），不是正常、常見的狀況。 b. 針對事物的性質而言（健忘），表示某心理狀態，說那個動作經常發生（放人鴿子）。不是像「がち」表示頻率的概念。常是負面的事物。 ※「っぽい」是從別人看來的感覺。 ※相較於「らしい」的肯定評價，「っぽい」通常帶有負面評價的感覺。 〓 その感じがする／よくそうする

3	**気味（ナ、N）** （ぎみ） 有點…的感覺／ 傾向	**N2** Vます／N ＋ 気味 後句：多是負向的事，表示話者不滿、消極評價、消極心情。 慣用：太り気味（有一點胖）、不足気味（有一點不夠）、相手 　　　チームに押され気味（有點被對方隊伍壓制住的感覺） 最近太り気味なので、今日はデザートはやめておこう。 （さいきんふと）（ぎみ）　　　（きょう） 最近有點變胖的樣子，今天就不要甜點了。 意指有某種傾向（發胖）、色彩，但程度不深（沒胖很多）。用在話 者眼前、現場觀察到的，或是自身的感受（感到胖起來）的現象。 ※主語是自己。 ≒ 少し～の感じがする 　（すこ）　　（かん）
4	**嫌いがある** （きら） 有…（不好）的 傾向／之嫌／總 愛…	**N1** 多接續「どうも」 ＋ 普（Vる／ない／Nの）＋ 嫌いがある うちの息子は優しすぎるので、騙されやすい嫌いがある。 （むすこ）（やさ）　　　　　（だま）　　　　（きら） 我兒子個性太過溫和，有容易受騙上當的傾向。 指本性（個性溫和）、本質（非外觀上）容易產生或自然而然變成那 樣不好的傾向（受騙上當）。這種傾向是人自然變成的。 ※話者有批判態度，消極的語感。 ※不是表面上看起來的樣貌。 ≒ の傾向がある 　（けいこう） ※（過去式）嫌いがあった 　　　　　（きら）
5	**めく（V₁）** 有…的感覺／氣 息／傾向／意味	**N1** N ＋ めく →接尾詞，如果前接名詞，多變成「めいた」，是 第一類動詞 慣用：言い訳、非難、冗談、ことさら、なま ＋ めく 草木が春めいてきて、ワクワクする。 （くさき）（はる） 草木帶來春天的氣息，令人期待不已。 雖然不完全有前句所說的要素（還不是春天），但已經有某種傾向、 氣息、樣子了（有春天的氣息感）。 ≒ らしくなる／らしく感じられる 　　　　　　　　　　（かん） ※ めいたN

文法號碼	文型 ぶんけい 文型中文翻譯	文法常見句型	
		例句+例句中譯	P18.mp3
		文型解說/註解	
		≒ 為同義詞，※ 為該文型的其他形式	

1	て欲しい ほ 我（不）希望／ （不）想要對 方…	**N3** Vて／ないで ＋ 欲しい ※Vないで欲しい≒Vないでください。 ※Vて欲しくない＝與對方無關，只是話者陳述自己要求、希望，有時帶有責難口氣 聽き取りにくいのでもっとゆっくり話して欲しいです。 き と はな ほ 因為很難聽懂，希望能說慢一點。 話者對聽者、其他人的行為有所要求或希望（希望對方講慢點）。有時用於責難。 ※主語：私
2	て欲しいもの ほ だ 希望／想要對 方…	**N2** 前句：多見「なんとか、なんとかして」 Vて／ないで ＋ 欲しいものだ 早く孫の顔を見たいので、娘夫婦には子作りに励んで欲しいものだ。 はや まご かお み むすめふうふ こづく はげ ほ 想早點看到孫子，希望女兒和丈夫努力做人。 對別人的行為（懷上小孩並生小孩）表達一種**強烈**的願望。 ≒ たらいいなあ／※ 口語：て欲しいもんだ
3	たいものだ 非常想要…	**N2** 前句：多見「なんとか、なんとかして」 Vますたい ＋ ものだ 孫に「ばぁば、大好きだよ」と言われたいものだ。 まご だいす い 非常想要聽孫子說一聲「我最喜歡阿嬤了！」 表達話者強烈、積極的祈願、希望（孫子說喜歡自己）。 ≒ たいなあ／※ 口語：たいもんだ
4	ないものか 能不能…／難道 不能…嗎？	**N2** 前句：多見「なんとか、なんとかして」 Vない ＋ ものか ↖多接續「可能動詞」 積年の課題をどうにか解決できないものか。 せきねん かだい かいけつ 難道不能設法解決累積已久的問題嗎？ 雖然難以實現（解決問題），但希望透過什麼方法，無論如何都要實現（解決問題）。表達一種無論如何都要達成的強烈願望態度。 ※雖然是動詞「ない」形，但是是肯定句。 ≒ ないだろうか／※ ないものだろうか

文法號碼	文型 ぶんけい 文型中文翻譯	文法常見句型　　　　　　　　　　　P19.mp3 例句+例句中譯 文型解說/註解 = 為同義詞，※ 為該文型的其他形式
1	**ようとしない** 不肯…	**N3** V（よ）う ＋ としない チョコレートが苦手で、どんな有名パティシエが作ったチョコケーキでも、食べようとしない。 因為不喜歡巧克力，不論是多有名的甜點師做的巧克力蛋糕都不肯吃。 表示不願意去做（不願意吃巧克力蛋糕），也不打算做別人希望他做的事情（就算人家說好吃、有名，也不願意吃），是一種強烈否決的講法。 ※不用在第一人稱「我」。
2	**つもりだ【意圖和事實不一致】** a. 就當作是… b. 自認為…	**N3** a. Vた／イ普／ナな／Nの ＋ つもりになる b. Vた／イ普／ナな／Nの ＋ つもりだ a. A:「ああ、パリに行きたいな」B:「行ったつもりになって、我慢しなさい」 A:「啊～好想去巴黎喔。」B:「就當作是已經去過了，忍著吧。」 b. 自分では良いことをしたつもりだったのに、迷惑をかけてしまった。 我自認為做了好事，卻添了麻煩。 a. 將抱持的意圖（去巴黎），信以為真（當作已經去了），但事實或實際行動結果與意圖不同（其實沒去）。 b. 表示話者自以為是這樣（自以為做好事），但他人不見得認同（其實大家覺得他在添麻煩）。 = その意図はあるが～
3	**まい【否定的意志】** 絕對不打算…／決不…	**N2** Vる ＋ まい ★VII,IIIない（或是「まい」） ／ する→すまい 也OK 絶対に後悔だけはするまいと、決心した。 我下定決心絕對不要後悔。 表示話者強烈的否定意志，對不做某事的意志或決心（決不做後悔的事）。 ※因為是意志表現，所以主語一定是第一人稱。第三人稱是不能用「まい」表現的。 ※要敘述他人絕對不會做時，用「まいと決心する／思う／考える」表現。 = ようとは思わない／ないつもりだ

N2 V（よ）う／ナだろう／Nだろう ＋ か ＋

Vる／ナである／Nである ＋ まいか

↖ V屬於第一類或是第二類時也可以接Vない

4 | ようか～まいか

是…還是不…；
要不要…

曇りの予報だったので、傘を持っていこうかいくまいか迷ってしまう。
天氣預報是陰天，是要帶傘還是不要帶，拿不定主意。

逆接表現。話者思考哪個更好時會使用。前句是肯定的意向形（要帶傘），搭配後面的否定意向形（不帶傘），表示一種正反的選擇。

※主語為第三人稱時，「迷っている」等類似詞語後面要加「ようだ、らしい、のだ」

≡ ～をしようか、するのはやめようか

文法號碼	文型 ぶんけい 文型中文翻譯	文法常見句型　　　　　　　P20.mp3 例句+例句中譯 文型解說/註解 ≒ 為同義詞，＊ 為該文型的其他形式
1	ようではないか 讓我們…吧	**N2** V（よ）う ＋ ではないか もう一度、初めからやり直してみようではないか。 いちど　はじ　　　　　　なお 讓我們從頭開始再試一次吧。 語氣強烈但委婉的命令表現。邀請或建議對方跟自己一起去做某件事（從頭開始試一次），表示自己的意志。也可以用在強烈提出自己的主張和論點上，例如在演講的場合中就會使用。 ※做為口語語句使用時，多為男性用的生硬用語（但女性也可以使用）。 ※常用在演講上，較拘泥形式的說法。 ≒ 一緒に〜しようよ ＊（よ）うではありませんか／（よ）うではないですか／口語（多為男性使用）：（よ）うじゃないか
2	ことだ【忠告】 最好…	**N2** Vる／ない ＋ ことだ 言いたいことがあるなら、はっきり言うことだ。 如果有想說的話，最好說個清楚。 上級基於對下級的勸導、忠告、提醒，而發表自己意見、看法、判斷，間接地忠告或命令對方最好做某事（說清楚），或最好不要做某事。忠告或命令通常都是話者認為正確或應當的行為（想說就應該要說出來）。常用在勸告、命令、禁止狀況上。 ※不可用於地位低向地位高的人使用，因此相對的，上司、長輩對部屬、晚輩就常使用。 ≒ しなさい／したほうがよい
3	ものだ【忠告】 a. 應該… b. 就是…	**N2** Vる／ない ＋ ものだ a. 図書館では私語は慎むものだ。 としょかん　　　しご　つつし 在圖書館應要避免私語。 b. 一人でいる時間が長くなると、ついつい考えすぎてしまうものだ。 ひとり　　　　じかん　なが　　　　　　　かんが 一個人獨處的時間久了，就會不知不覺地想很多。 a. 不是個人見解，而是出於道德、常識，普遍事物自然都該這樣、理應如此這樣的想法，給予對方訓誡或說教（理應避免私語）。意指這麼做或不這麼做是常識（在圖書館這種環境，理應這樣）。 b. 表示以常識，普遍的事物的都必然會發生這樣的結果（一個人獨處就必然會想東想西，想太多）。 ≒ するのが当然だ 　　　　　とうぜん ＊口語：もんだ

4	**ものではない** 本來就不應該…	**N2** Vる ＋ ものではない
		小学生（しょうがくせい）がこんなに遅（おそ）くまで起（お）きているものではない。 小學生本來就不應該那麼晚起床。
		不是個人見解，而是出於道德、常識，普遍事務自然都該這樣，應如此的想法（正值努力就學的小學生就應當這樣，不該晚起），而給予對方訓誡或說教。指這麼做可是違反社會常識、違反道德。
		≒ するのは常識（じょうしき）に反（はん）する
		＊ 口語：もんじゃない

5	**べきだ** 應該／應當…	**N3** Vる ＋ べきだ
		慣用：後生おそるべし（後生可畏）、後は推して知るべし（可想而知）
		a. 目上（めうえ）の人（ひと）は敬（うやま）うべきだよ。 應當尊敬長輩。 常（つね）に自己（じこ）ベストを目指（めざ）すべし。 應該要常以自己的最佳表現為目標。
		b. 若（わか）いうちの苦労（くろう）は買（か）ってでもするべきだ。 應該趁年輕時吃點苦。
		在客觀角度，以社會一般常識、道理為原則的判斷，表示那樣做是應該的、理所當然的，表示：
		a. 對對方行為的忠告（要尊敬長輩／勸告要以最佳表現標準當目標，不要降低標準）。
		b. 做某事是一種務必的（例如吃點苦，老了才不會吃虧），向他人推薦要做，或不要做某事（吃點苦）。
		※有命令、勸誘的語氣。
		※如果事情是法律上的規範、規則，則使用「なければならない」
		≒ するのが当然（とうぜん）だ
		＊ べくして（句中）／べく（連用）／べし（句尾，文言）／否定：べきではない

6	**んだ** 表示命令（請你做…）	**N2** Vる ＋ んだ a. さっさと支度^{したく}をするんだ。 　快去準備。 b. 仕様書^{しようしょ}が第一^{だいいち}だ。ここはクライアントの要望^{ようぼう}どおりにするんだ。 　以說明書為優先。這裡要按照客戶的要求做。 c. （先生^{せんせい}が小学生^{しょうがくせい}に）毎日^{まいにち}ちゃんと宿題^{しゅくだい}をするんですよ。 　（老師對小學生說）每天要確實地做功課。 a. 表命令、指令。 b. 表示說服。 c. 表示指示。 ⊟ なさい ✳ 男性用語：んだ 　女性用語：んです（よ）／のです（よ）

6　んだ
表示命令（請你做…）

N2 Vる　＋　んだ

a. さっさと支度（したく）をするんだ。
　快去準備。
b. 仕様書（しようしょ）が第一（だいいち）だ。ここはクライアントの要望（ようぼう）どおりにするんだ。
　以說明書為優先。這裡要按照客戶的要求做。
c. （先生（せんせい）が小学生（しょうがくせい）に）毎日（まいにち）ちゃんと宿題（しゅくだい）をするんですよ。
　（老師對小學生說）每天要確實地做功課。

a. 表命令、指令。
b. 表示說服。
c. 表示指示。

⊟ なさい
✳ 男性用語：んだ
　女性用語：んです（よ）／のです（よ）

7　んじゃない
不許／不要…

N1 Vる　＋　んじゃない　＋　よ（語氣會較委婉）

そんなところで眠（ねむ）るんじゃない。
不要在那種地方睡覺！

禁止聽話者做某事（不要睡覺）。語尾的語調會往下降，常出現在父母對小孩說話的場景中。
※表示否定的「ない」部分，音調需用下降調。
※是種口語表現。

⊟ てはいけない
✳ 男性用語：んじゃない
　女性用語：のではありません
　　　　　　んじゃありません

8　てしかるべきだ
理應／應當…

N1 Vて／イ（い）がって／ナで／Nで　＋　しかるべきだ

彼（かれ）のような成功者（せいこうしゃ）は、もっと称賛（しょうさん）されてしかるべきだ。
像他那樣的成功人士，理應受到更多讚揚。

雖然現況不是這樣（沒有很多人讚揚），但話者依照此時的狀態提出建議（應當給更多讚揚），表示這樣做才是恰當的、應當的。意指這是一種用適當的方法來解決事情。

⊟ するのが当然（とうぜん）である

文法號碼	文型 ぶんけい 文型中文翻譯	文法常見句型	P21.mp3
		例句+例句中譯	
		文型解說/註解	
		⊟ 為同義詞，※ 為該文型的其他形式	

1	させてくれませんか 煩請允許我	**N3** Vさせて ＋ くれませんか **今回は僕の好きにやらせてくれませんか。** こんかい ぼく す 這次請允許我依自己喜好去做吧。 請求對方允許「自己」做某事（自己喜歡的事）時的鄭重說法。 ⊟ 口語：させてくれない？
2	させてもらえませんか 我可以…嗎	**N3** Vさせて ＋ もらえませんか **あなたの結婚式、私共にお手伝いさせてもらえませんか。** けっこんしき わたくしども てつだ 你的結婚典禮，我們可以一起幫忙嗎？ 請求對方允許「自己」做某事（幫忙）時的鄭重說法，更為尊敬一些。 ※更敬重的講法為「～させていただけませんか」。
3	こと 請你做…	**N3** Vる／ない／動名の ＋ こと **明日は、校門に6時に集合すること。** あした こうもん じ しゅうごう 明天六點在校門口集合。 多用於團體、機構、學校等，在發布命令、規定、指示時（集合），以書面形式傳達用，偶爾也可用在口頭上傳達。 ※傳達的形式，例如黑板、公告單、公告欄，另外偶爾用在口頭上。 ※用於句末，但不會因為是句末，而需要加「だ」、「です」。 ⊟ しなさい

文法號碼	文型 ぶんけい 文型中文翻譯	文法常見句型	P22.mp3
		例句+例句中譯	
		文型解説/註解	
		ᗐ 為同義詞，※ 為該文型的其他形式	

N2 Vても／イ いくても／ナ でも／N でも ＋ さしつかえない

命の恩人と呼んでもさしつかえないくらい彼には感謝している。
對他充滿感謝之意，稱之為救命恩人也可以。

表示即使是前面所提出的條件也無妨（稱呼救命恩人），是一種消極的許可、讓步、客氣詢問的表現。也有不在意、沒意見、沒不滿的強烈口氣。

也可與否定形搭配使用：「～なくてもさしつかえない（不～也行）」

ᗐ ても問題ない

※ でもいい／でもかまわない

1 てもさしつかえない
即使…也無妨／也行

N3 多接續「なにも、わざわざ」 ＋ Vる ＋ ことはない

人生は長いから、そんなに先を急ぐことはありません。
人生還長得很，用不著那麼著急。

給對方勸導、忠告，否認對方的過度行動或反應（著急），告知沒必要那樣，不需那樣擔心（沒必要著急）。有時會有責備的語感。

ᗐ する必要はない／しない方がいい

※ こともない

2 ことはない
用不著／沒必要…

N1 Vる ＋ までもない

a. ちょっとしたトラブルなので、君の手を煩わせるまでもない。
　這只是小問題，用不著勞動你出手。

b. 現地に行けば分かりますから、わざわざ説明するまでもない。
　去到現場就會明白了，無須特地說明。

a. 沒有達到要做某事的程度（勞煩你出手），所以沒必要如此去做（你不要來幫）。
　例：「言う、話す、語る、説明する」 ＋ までもない
b. 因為是理所當然或是擺明的事情（到現場就知道了），所以沒必要去做（沒必要事前特地說明）。
　例：「紹介する、説明する、言う、確かめる」 ＋ までもない

ᗐ しなくてもいい

※ までのこともない

3 までもない
a. 用不著／沒必要…
b. 無須…

| 4 | **べからず**
不得／禁止／請
勿／不許… | **N1** V$_{る}$　+　べからず
★する→すべからず 也OK
慣用：欠く、許す、あり得、忘れる　+　べからざる

危険（きけん）。このはし渡（わた）るべからず。
危險！禁止渡橋！

表示某事從一般觀念、社會認知（危險）來看是不被容許的（不能渡橋），不會是個人的判斷。
表示強硬的禁止命令，很文言文式的古老的書面用語，因此也經常使用古文動詞，是現今已經非常少見的講法。偶爾在公告、佈告欄、演講標題上出現。
※是「べし」的否定形。
※放在句尾，或是引號內表示標語或轉述。

≒ してはいけない
※ べからざるN（連體形）／べきではない |
| 5 | **まじき**
不該（有）… | **N1**
多見表示「職業、地位」等的名詞
V$_{る}$／Nにある／として　+　まじき　+　N　だ
多是「行為、発言、態度、こと」等名詞

※現代日語中只有「あるまじき（不應該有）」、「許すまじき」幾個少數例子。

猫（ねこ）にいたずらするなんて許（ゆる）すまじきことだ。
對貓惡作劇是不可原諒的。

あの夏（なつ）の出来事（できごと）を忘（わす）れまじ。
那年夏天發生的事情，是無法忘懷的。

盗撮（とうさつ）するなど裁判官（さいばんかん）にあるまじきことだ。
偷拍這種行為，不該是法官所為之事。

以責備的口吻告知話題中人物，以他的立場、身分（法官）、資格（或是行為）是不可以做某事的（偷拍），是不符身份的（不符法官身份）。
※「する　+　まじき」時會變化成「すまじき」或「すまじ」，兩者皆可。

≒ てはいけない／べきではない
※ まじ（較生硬，放在句尾，是古日語助動詞，不常使用） |

6 には及(およ)ばない

a. 不必／用不著…
b. 不及…

前句：b.常用「からといって（雖然…但）」

| Vる ／ N | ＋ | には及ばない |

↖ a. 多表心理或感情反應的動詞，例如「驚く、責める」，或例如「お礼、心配」等動作性名詞。

a. ちょっと眩暈(めまい)がしただけだ。心配(しんぱい)には及(およ)ばない。
我只是有點頭暈罷了，用不著擔心。

b. いくら寒(さむ)いといっても、シベリアの寒さには及(およ)ばない。
再怎麼冷，也不及西伯利亞的寒冷吧。

a. 表示情況沒到那種程度（沒到需要擔心的程度），沒必要做某事（擔心），指那樣做不恰當、不得要領。

b. 表示能力、地位、狀況不達需求（沒達到西伯利亞那種寒冷）。

≒ 必要(ひつよう)はない／なくてもいい／には当(あ)たらない

＊ にも及(およ)ばない（加強語氣）

093

文法號碼	文型 ぶんけい 文型中文翻譯	文法常見句型	P23.mp3
		例句+例句中譯	
		文型解說/註解	
		≒ 為同義詞，＊ 為該文型的其他形式	

N3 普（ナな／である／Nの／である） ＋ はずだ

コンテスト優勝者が満を持して出した店だから、行列が出来ているはずだ。

比賽優勝者在萬眾期待下開的店，照理說應該會大排長龍。

1 はずだ【理所當然】

照理說應該…

話者以主觀角度，根據自己擁有的知識（因為是比賽優勝者），搭配一些事實、理由、理論，經過推算推測出結果，是一種很有把握、自信的推斷（會大排長龍）。有時也可以用在預定。

※不能用在預測話者的意志行為。

≒ のは当然だ
とうぜん

＊ 否定（語氣強弱）：はずがない＞ないはずだ

N2 Vる／VⅡ,Ⅲない／する／する／イいく／Nではある／Nではある ＋ まい

悪いことはそんなに続くまい。
わる　　　　　　　　つづ

壞事不會持續下去吧。

2 まい【否定推測】

（大概）不會…吧

否定推測。表示話者對於推測、想像（壞事）採取否定（不會持續）的態度，認為「某事不會那樣吧」，或「大概不會吧」。

※是現代日語也會出現的古語用法。

※因為是書面用語，所以很少在口語中出現，如果要在口語中出現，通常使用在引述的部分。

≒ ないだろう

N2 Vる／VⅡ,Ⅲない／する／する／イいく／Nではある／Nではある ＋ まいか

慣用：〜のではあるまいか（難道不是〜嗎）

何でもモチベーションの問題として捉えるのは不適切なのではあるまいか。
なに　　　　　　　　　　　もんだい　　　　　と　　　　　　　ふてきせつ

將任何事都視為是動機的問題，難道不是很不恰當嗎？

年頃の娘に変な虫がつきやしまいかと心配だ。
としごろ　むすめ　へん　むし　　　　　　　　しんぱい

年輕女兒會不會吸引到不好的對象，令人擔心。

3 まいか

（難道）不是…嗎

主要以「のではあるまいか」形式出現在句末，表示話者委婉地表達自己的推測（覺得不恰當／會不會吸引到不好的對象）。有時有向聽者、讀者表達自己主張的語感。

※是現代日語也會出現的古語用法。

≒ ないだろうか

4	恐れがある 恐（おそ） 恐怕會有…之虞	**N3** Vる／Nの ＋ 恐れがある このタバコはあなたの健康（けんこう）を害（がい）するおそれがあります。 這個菸恐怕有傷害你的健康之虞。 對未來發展趨勢推測出有發生這種壞事（傷害健康）的可能性。 ※較生硬的表現，所以多用在新聞、天氣預報、通知的文體中。 ※只用於擔心、不安、消極意義的時候。 ≒ という心配（しんぱい）がある ※ 否定：恐（おそ）れがない

5	兼ねない 兼（か） 可能會／很可能…／說不定將會…	**N2** Vます ＋ 兼ねない a. 結果（けっか）を残（のこ）さないと、首（くび）にされ兼ねないよ。 　如果不留下結果，很可能會被解僱。 b. そんな乱暴（らんぼう）におもちゃを扱（あつか）ったら、壊（こわ）し兼（か）ねないよ。 　這樣粗暴地對待玩具，可能會弄壞掉喔。 a. 話者害怕事態的發展、結果（解僱），表達「可能會導致這種壞結果或可能性、危險性」的推測，一般是依照規律、根據所做出的推測判斷。 b. 在動作主的道德感薄弱，自我克制能力差（粗暴地對待玩具）的狀況，推測出有可能做出異於常人、不一般的意外事情（玩具壞掉）。 ※話者對事物的負面評價。 ※是接尾詞「兼ねる」的否定形。 ≒ かもしれない／する可能性（かのうせい）がある／ないとは言（い）えない

6	に違いない 違（ちが） （覺得）一定是／肯定是…	**N3** 普（ナ／ナである／N／Nである） ＋ に違いない 彼（かれ）は10年（ねん）に1度（ど）の逸材（いつざい）に違（ちが）いない。 他肯定是十年一見的卓越人才。 說話者以主觀角度，依照個人經驗、直覺推測後，陳述自己對那個事物十分確信（肯定是人才）。 ※比「たぶん〜だろう」確信程度高。又比「に相違ない」更口語。 ≒ きっと〜と思（おも）う

7	に相違ない 相違（そうい） （覺得）一定是／肯定是…	**N2** 普（ナ／ナである／N／Nである） ＋ に相違ない この器（うつわ）は彼（かれ）が焼（や）き上（あ）げたものに相違（そうい）ない。 這個器皿一定是他燒製的。 說話者以主觀角度，依照個人經驗、直覺推測後，陳述自己對那個事物十分確信（一定是他燒製的）。 ※比「たぶん〜だろう」確信程度更高。意義跟「に違いない」相同，但是屬於較生硬的書面用語，相比下「に違いない」更為口語。 ※話者以某基礎或個人經驗、直覺做主觀的推測。 ≒ きっと〜と思（おも）う

8

とみえて
看來…／似乎…

N3 普 ＋ とみえて ＋ 推測的依據、理由

└→ 推測出的結果

推測的依據、理由 ＋ 普 ＋ とみえる。

└→ 推測出的結果

明け方、気温がぐんと下がったとみえて、池の水が凍っている。
清晨拂曉時，氣溫似乎急遽下降，池中的水都結凍了。

前句是話者以現狀、外觀（水都結凍了）、事實推測出的預想當作理由，寫出推測的結果（氣溫驟降）。

接著後句再說出前句推測的理由、依據。而以「とみえる」做結尾的狀況，則反之。

📖 らしく／らしい

文法號碼	文型 ぶんけい 文型中文翻譯	文法常見句型　　　　　　　　　P24.mp3 例句+例句中譯 文型解說/註解 🜄 為同義詞，※ 為該文型的其他形式
1	しろと（言う） 【命令】 …說你要做	**N3** V命令　＋　と（言う） 父は受験に失敗した私に、終わったことは忘れろと言った。 父親對考試失敗的我說，已結束的事情就忘了吧。 一種簡潔的間接表達忠告、命令（父親希望我忘記）。命令形的動詞部分，相當於引用的內容（父親說忘了吧），例句中，「～忘れろと言った」可視為與「忘れなさいという」同義。 🜄「～しなさい」と言う
2	なと（言う） 【禁止】 …說不許	**N3** Vる　＋　なと（言う） 父は私に他人を傷つけるようなことだけはするなと言う。 父親說，不許我做傷害他人的事情。 一種簡潔的間接表達忠告、禁止（不許傷害他人）。
3	ということだ 【傳聞】 據說／聽說…	**N3** 前句：多接續「では、によると」 普／命令／推量　＋　ということだ └ 因有強烈的「直接引用」語感，所以也可以接命令形 石川さんが来なかった理由は、日付を勘違いしていたということらしい。 據說石川先生沒來的理由，是因為記錯了日期。 母によれば、馴染みの蕎麦屋が来月いっぱいで閉店するとのことだ。 聽媽媽說，熟識的蕎麥麵店下個月就要結束營業了。 表示傳聞。從別處（據說）、情報源（媽媽）聽到的事情，依照原樣直接引用或間接引用來客觀轉達、傳話（記錯了日期／下個月就要結束營業）。 🜄 そうだ／と聞いている ※ ということだった（強烈直接引用語感，過去式）、とのことだ、という
4	とか 聽說（好像）…	**N2** ～とか └ 大部分是普通形，但其他詞性也OK，也可以是名詞或完整的句子 もうすぐお子さんがお生まれになるとか。楽しみですね。 聽說您即將要生孩子了，真是期待呢。 表示傳聞。引用不確定的信息，對消息沒什麼把握，帶有模糊，避免明確說明的語感。 🜄 そうだが／と聞いたが

5	って【傳聞】 據說…	**N3** 普／普 ＋ んだ ＋ って 彼_{かれ}はそんなことはしてないって言_いってますよ。 據說，他表明自己並沒做那件事情。 表示傳聞。由表示引用的「と」演變來的用法，是將「と言っている」或「と書いてある」省略後的結果。引用自己聽到他人說的話（自己聽到他說沒做那件事），另外「～んだって」的表現，是從他人那裡聽說了某個消息時使用。 ※日常中常用，較隨便的口語。使用不限男女。 🗒 ということだ
6	由_{よし} 據說…	**N1** 普（ナ_な／である／N_の／である）／動名 ＋ 由 （手紙_{てがみ}）貴家_{きか}ますますご清祥_{せいしょう}の由_{よし}、お喜_{よろこ}び申_{もう}し上_あげます。 （書信體）據說府上日益康泰，誠摯祝賀。 表示傳聞。在書信等文體中使用，比「とのこと」更為古老生硬。 🗒 そうで

PART25. 使役

文法號碼	文型 ぶんけい 文型中文翻譯	文法常見句型	P25.mp3
		例句+例句中譯	
		文型解說/註解	
		≒ 為同義詞，※ 為該文型的其他形式	

1	させる【責任的使役】 導致…	**N2** V使役型 ※常用「Vさせてしまう」形式表現。 慣用：1.お待たせしました。（久等了） 　　　2.どうもお騒がせしました。（造成騷動真抱歉） 水をやるのを忘れてしまって、観葉植物を枯らせてしまいました。 因為忘了澆水，導致觀葉植物枯萎了。 由於自己的關係（忘了澆水）而導致對方（觀葉植物）處在一種不好的狀態（枯萎）。是一種話者表達自己有責任的說法。
2	させる【他動詞化的使役】 引起…	**N3** V使役型 ※自動詞的漢字動詞，例：向上する、発展する、進歩する、完成する、実現する 気温は0度を下回るが、池の水を凍らせる温度まで下がることはありません。 氣溫雖降到低於0度，但卻不會降到讓池中的水結凍的溫度。 在自動詞沒有成對的他動詞時，將自動詞變化成使役形態，作為他動詞使用。表示某個主要焦點的主體因某原因（低於0度）引起某狀態（池水結凍）。

PART26. 被動

文法號碼	文型 ぶんけい 文型中文翻譯	文法常見句型	P26.mp3
		例句+例句中譯	
		文型解說/註解	
		≒ 為同義詞，※ 為該文型的其他形式	

1	られる【自發】 表示自然發生	**N3** 動詞受身型 ← 常見「思う、感じる、考える」等表達心理活動的動詞 今年は平年に比べ、夏日が増えると考えられます。 一般認為和閏年相較，今年夏日天數會增加。 意指內心自然而然這麼想，是自發行為的說法。

文法號碼	**文型** ぶんけい 文型中文翻譯	**文法常見句型** P27.mp3 例句+例句中譯 文型解說/註解 🔛 為同義詞，※ 為該文型的其他形式
1	**お〜だ** （對對方尊敬的）做…	**N3** お ＋ Vます ＋ だ a. 先生は高級な万年筆をお持ちだ。 　老師有一隻高級鋼筆。 b. この噂はもうお聞きですか。 　您聽過這個謠言嗎？ 敬語的表達形式。 a. 可表示現在時態（老師「現在持有」鋼筆）。 b. 也可表示過去時態。但過去式的表現不會將「だ」或「です」改為過去式（聽「過」謠言）。 ※是「Vています」的尊敬表達，也是「Vていらっしゃいます」的簡潔表達方式。 ※比「お〜なさる」恭敬程度稍弱，用法較舊式。 ※沒有過去形「お〜でした」的形式。
2	**におかれましては** （在…來說）／ （關於…情況）	**N1**　↙地位較高的對象（例：先生、皆様） N ＋ におかれましては 叔母様におかれましては、お元気そうでなによりです。 阿姨看來很有精神的樣子，真是太好了。 山田様におかれましては、大変ご活躍のことと伺っております。 關於山田先生，聽說最近相當地活躍。 向人（阿姨／山田先生）或事物問候及敘述有關健康（有精神）、經營（活躍）等近況。語氣含最高敬意。 ※ にはおかれましては

文法號碼	文型 ぶんけい 文型中文翻譯	文法常見句型　　　　　　　　　　　　P28.mp3
		例句+例句中譯
		文型解說/註解
		⇌ 為同義詞，※ 為該文型的其他形式

N3　多會是「回答、研究、聽、說、思考、寫、調查」等行為的對象

N ＋ について

a. この国の歴史について、多様なリソースで調べていく。
我們將運用各種資源來調查關於該國的歷史。

b. 彼女がどこに住んでいるのかについては、誰も知らないままだ。
關於她住在哪裡，仍是沒人知道。

1　について
關於…

a. 前句提出問題點（該國歷史），後句針對這個問題提出解決行為（運用各種資源）的說明。
b. 對某對象（她）、事物（住在哪）進行敘述（沒人知道）。
※基本上和「に関して」一樣，但語感沒那麼生硬。
※使用範圍「に関して」＞「について」。

⇌ のことを／につき
※ については／についても／についてのN／につき（較鄭重說法）

N2　多會是「回答、研究、聽、說、思考、寫、調查」等行為的對象

N ＋ に関して
後句：多為「考える、言う、研究する、討論する」等

a. アメリカの映画に関して、研究しようと思います。
我打算研究關於美國的電影。

b. この件に関しては、後ほど詳しく説明致します。
關於這件事，稍後我會詳細說明。

2　に関して
關於…

a. 前句提出問題點（美國的電影），後句針對這個問題提出解決行為的說明（要研究）。
b. 對某對象、事物（這件事）進行敘述（稍後會說明）。
※基本上和「について」一樣，但語感較生硬。
※使用範圍「に関して」＞「について」。

⇌ について
※ に関しては／に関しても／に関してのN／に関するN

3	に対<small>たい</small>して【對象】 對於（對象）…	**N3** <small>多見「人、話題、主題」</small> [N] ＋ に対して ＋ 多接續「希望對方做某事」或「話者態度」 社会<small>しゃかい</small>人<small>じん</small>は自分<small>じぶん</small>の発言<small>はつげん</small>に対<small>たい</small>して、責任<small>せきにん</small>を持<small>も</small>たねばならない。 社會人對自己的發言，必須負起責任。 前句：某行為（發言）或態度的對象（社會人）、接受者，不一定是 　　　人，也可以是事情。 後句：表示前句的行為、態度會對那個對象、接受者有直接的影響， 　　　因此要做某事（負責任），或是敘述某種情緒。 ≒ に／を相手<small>あいて</small>として ※ に対してのN／に対するN／に対しては／に対し
4	に応<small>こた</small>えて 應／滿足於／響應…（的要求）	**N2** [N] ＋ に応えて ＋ 按照前述要求做某事 <small>多為「提問、期待、願望、要求、意見、好意」</small> リスナーからのリクエストに応<small>こた</small>えて、この曲<small>きょく</small>をお届<small>とど</small>けします。 應聽眾邀要求，獻上這一曲。 為了使前句實現（觀眾要求想聽），後句則採取對應的行動（獻上這一曲）。 ≒ に沿<small>そ</small>うように／に応<small>おう</small>じて ※ に応える／に応え（書面）
5	をめぐって 圍繞…	**N2** [N] ＋ をめぐって ＋ 産生對立、議論、爭議、紛爭 針對、圍繞某件事 遺産<small>いさん</small>をめぐって、親族間<small>しんぞくかん</small>で骨肉<small>こつにく</small>の争<small>あらそ</small>いが巻<small>ま</small>き起<small>お</small>こった。 針對著遺產，親戚間掀起了一場骨肉間的鬥爭。 前句：多人對一件事發表意見或討論（遺產）。 後句：意見上對立、產生各樣的議論、爭議的動詞（鬥爭）。 ※敘述的重點不是前句的內容，而是在前句的周圍所發生的事件。 ≒ を議論<small>ぎろん</small>や争<small>あらそ</small>いの中心点<small>ちゅうしんてん</small>として ※ をめぐるN／をめぐり／をめぐっては

6	向けに _む 以…為對象/目的	**N3** N ＋ 向けに 　└ 意指為了這個 N 而量身打造 これは子供向けに作られたカレーです。 _{こども む つく} 這是以小孩為對象的咖哩飯。 表示特定以某個對象（小孩）、目的，進行適合的「行動」（製作咖哩飯）。類似量身定做的概念。 ※「向け」是「向ける」的接尾語，是他動詞。 ≒ のために ※ 向けの／向けだ _む
7	向きに _む 適用/適合…	**N3** N ＋ 向きに 　└ 針對此N この本はお年寄り向きに大きな文字で書かれています。 _{ほん としよ む おお もじ か} 這本書是以適合年長者閱讀的大字體所寫。 表示某對象（年長者）適合某人事物的「狀態」（大字體）。非量身定做，但卻合適。 ※「向き」是「向く」的接尾語，是自動詞。 ≒ にちょうど合うように _あ ※ 向きの／向きだ _む 　否定：向きではない／に不向きだ _{む ふ む}
8	にかかわる 關係到/涉及到…	**N1** N ＋ にかかわる ＋ （N） 　└ 多見「一生、名譽、生死、合否、評判、命、信用、存続」等會影響的詞 この試験の合否は、彼の一生にかかわる問題だ。 _{しけん ごうひ かれ いっしょう もんだい} 這次考試合格與否，將是關係到他一生的問題。 表示對某人事物（考試合格與否）不只有關聯，還會對它（人生）產生重大影響。 ※可當修飾語（にかかわる+N），也可直接當述語（にかかわって）。 ≒ のような重大なことに関係する _{じゅうだい かんけい} ※ にかかわって／にかかわり 　否定：にかかわらず

文法號碼	文型 ぶんけい 文型中文翻譯	文法常見句型　　　　　　　　　　P29.mp3
		例句+例句中譯
		文型解說/註解
		🈀 為同義詞，※ 為該文型的其他形式

1	とは【定義】 所謂的…就是…	**(N2)** N ＋ とは ＋ ～ものだ（表某事物的本質特徵） **後句**：多見「～のことだ／意味だ、～と言うことだ／意味だ」等，就語義的性質或内容下定義。 a. 蓮根とは蓮の根のことだ。 　所謂的蓮根，就是蓮藕的根。 b. 彼女にとって、恋人とはいったい何か。 　對她而言，所謂的戀人到底是什麼？ a. 說明一個詞句的意義、定義、性質的内容是如何的。向不知道某事的聽者解釋、下定義說明或變換說法（蓮藕的根）。 b. 話者雖然明白定義（知道「戀人」這東西），但還是想強調其他解釋（對特定的「她」而言）。 🈀 は／というのは ※ って

2	というものは /ということは 也就是說…	**(N3)** 帶感情描述事物本質或一般性質，把一件事以話題提出 　　↙　　　　　　　　　↓ N ＋ というものは ＋ 普 ＋ ということは **後句**：表示話者感受的感慨的句子。 ※という「もの」是：物→言葉、時間、感情。人→人物、親屬。 ※という「こと」是：事→具体的事情、行為。 親というものは、いくつになっても子供のことを心配するものだ。 雙親也就是不管孩子多少歲，還是會擔心的人。 就某情況加以解釋。前句先說出聽者也知道的狀況（雙親的本質），後句則表示依照前句的推測（雙親本質就是會擔心孩子），是這樣的結論（所以擔心孩子）。 🈀 は ※ 通俗：って／ってことは

3	というのは 所謂…就是…	**N3** N ＋ というのは ＋ Nの ＋ 「ことだ、ものだ」 N ＋ というのは ＋ ～と言う意味だ
		コンビニというのはコンビニエンスストアのことだ。 所謂的超商，指的就是便利商店。
		說明一個短句或詞彙（超商）的意義、定義，或進行說明（便利商店）、解釋、評價。有時候後句會是疑問句。
		≒ は／とは
		＊ 通俗：って／っていうのは

4	かというと 要說／要問…	**N3** 疑問詞 ＋ かというと ＋ 多接續「からだ、ためだ、のだ」
		彼女のことが今でも好きかというと、実はもうよくわからないんだ。 要問我是否到現在還喜歡著她，老實說我也不知道了。
		前句為疑問句（還喜歡她嗎），後句針對前句的疑問做出解答（已經不知道了）。常用於就某事的自問自答。
		＊ かといえば／かといったら

5	と言えば 說到／提到／談 到…的話…	**N2** 引用來的句子或詞語 ＋ と言えば
		日本の春と言えば、やはり桜ですよね。 說到日本的春天，果然就是櫻花啊。
		將他人說起或自己心裡浮現的人事物（日本的春天）作為一個話題，說明自己的聯想（就是櫻花）。
		≒ を話題にすれば／というと
		＊ 通俗：っていえば／といったら

6	と言うと【聯想】 一提到／說到… ／你剛才說的…	**N2** N／普 ＋ と言うと
		ナポリと言うと、焼き立てのピッツァを思い出す。 一提到拿坡里，就想起剛烤好的披薩。
		前句提出一個人事物（拿坡里）為話題，後句承接上述說出讓人聯想到的畫面（剛烤好的披薩），或對此人事物進行說明。
		≒ という言葉を使うと／といえば
		＊ 客氣：と言いますと

7	と言うと【確認】 你剛才說的…； 話說	N2 引用的句子或詞語 ＋ と言うと
		A：「昨日と同じものをください。」B：「昨日と同じと言うと、カフェラテでよろしかったですか？」 A：「請給我跟昨天一樣的東西。」B：您剛才說和昨天一樣，咖啡拿鐵可以嗎？
		表示確認。聽到對方說的話之後（跟昨天一樣），承接對方的話（是跟昨天一樣嗎），確認自己理解的意思是否跟對方一樣。或是再度進行提問、質疑，使對方更近一步說明（咖啡拿鐵可以嗎）。 ※可用在句首，省略要引用的東西，當接續詞使用。 🔖 あなたが今言った～は
8	はと言うと【對比】 說到…	N2 對比句 ＋ N ＋ はと言うと ＋ 對比句
		姉は美人です。私はと言うと、いたって平凡な顔をしています。 姐姐是個美人。但說到我，就是長了副極為平凡的臉。
		表示對比。把一件同性質（同為人的姐妹或姐弟）的東西作為對比的話題提出來時使用。 🔖 一方～はどうかというと
9	と言ったら 談起／提起…	N2 N ＋ と言ったら ＋ 多是表示話者情感或評價的句子
		ここのカレーの美味しさと言ったら、東京でも5本の指に入るね。 提起這家咖哩飯的美味，在東京可是前五名呢。
		提出一個討論的主題、對象（這家咖哩飯的美味），強調對它的情感程度之多、極端到無法形容（正負評價都可以）（覺得在東京是前五名）。通常表現的情感有吃驚、感動、失望、感嘆、啞然等。 🔖 は
10	にかけては 在…方面／這一點上	N2 N ＋ にかけては ＋ 多是技術或能力的正面評價
		子供を笑わせる能力にかけては、自信があります。 讓小孩嶄露笑容這方面，我很有自信。
		撇除其他不說，就提出的這個事物（逗小孩笑）來說，在能力、素質上很優秀、有自信（我很有自信）。 🔖 では／に関して／について ※ にかけても／にかけてのN

106

11	こととなると 一（旦）說到… 就	N2 Nの／Vる ＋ こととなると 彼は魚のこととなると、知らないことはないんじゃないかってくらい詳しい。 一旦說到關於魚的話題，他可是無所不知地精通。 表示一說到某個話題（魚的話題），就會表露出與平常不同的態度（他表露無所不知）。 ≒ の話題になると
12	って【主題】 是…	N3 Vる（の）／イい／ナ／N ＋ って 女の人って恋をすると変わるんだなぁ。 女人一戀愛就會改變的呢。 說明一個短句或詞彙（女人）的意義、定義，或進行說明、解釋、評價。有時候後句會是疑問句。相當於「というのは」。 ≒ とは／というのは
13	となると【話題】 說到…	N2 N ＋ となると ×後面不接表示話者意向的句子 誰にでも優しい祖父も、勝負事となると手加減できない性格だ。 對任何人都很親切的爺爺，是一碰到有勝敗的事就絕不手下留情的個性。 前句提出一個話題（爺爺），並說出話題本身的狀況、本質（親切的爺爺遇到有關勝敗之事），後句發表自己的感想、判斷（不手下留情）。 ≒ のような特別なことは
14	ときたら 說起／提到… （啊）…	N1 N ＋ ときたら うちの娘ときたら、朝から晩までスマートフォンをいじっている。 說到我們家女兒啊，從早到晚都在玩手機。 提起一個話題（我家女兒），然後話者評價或敘述（玩手機）與自己關係很深的人事物（我家女兒）。帶有責難、不滿的語氣。常用於消極的場合中。 ※責難對象通常是跟自己關係較親密的人事物。 ※可以用在自嘲。 ≒ は ✱ ときては

15	に至<ruby>至<rt>いた</rt></ruby>って ／ に<ruby>至<rt>いた</rt></ruby>っては ／ に<ruby>至<rt>いた</rt></ruby>っても a. 到了（極端的 程度）才… b. 至於…／談 到… c. 即使到了…程 度…也…	**N1** a. Vる／N ＋ に至って ＋ 多接續「初めて、やっと、ようやく」 b. N ＋ に至っては ＋ 多接續「もう、もはや」等消極否定語氣 c. N ＋ に至っても ＋ 多接續「なお、まだ、未だに、やはり、〜ている」等遺憾、沒有辦法的心情 a. 彼女<ruby>彼女<rt>かのじょ</rt></ruby>に<ruby>別<rt>わか</rt></ruby>れを<ruby>切<rt>き</rt></ruby>り<ruby>出<rt>だ</rt></ruby>されるに<ruby>至<rt>いた</rt></ruby>って、<ruby>初<rt>はじ</rt></ruby>めて彼女<ruby>彼女<rt>かのじょ</rt></ruby>をどれほど<ruby>愛<rt>あい</rt></ruby>しているかに<ruby>気<rt>き</rt></ruby>付<ruby>付<rt>づ</rt></ruby>いた。 直到被她提出分手，我才初次發現自己有多愛她。 b. <ruby>事<rt>こと</rt></ruby>ここに<ruby>至<rt>いた</rt></ruby>っては、もはや<ruby>手<rt>て</rt></ruby>の<ruby>施<rt>ほどこ</rt></ruby>しようがない。 事情發展至此，早已無技可施了。 c. <ruby>深刻<rt>しんこく</rt></ruby>な<ruby>事態<rt>じたい</rt></ruby>に<ruby>至<rt>いた</rt></ruby>ってもなお<ruby>彼<rt>かれ</rt></ruby>は<ruby>平気<rt>へいき</rt></ruby>な<ruby>顔<rt>かお</rt></ruby>をしている。 即使事態發展到如此嚴重的程度，他依然是一臉平靜。 a. 「に至って」：前句表示事情嚴重到某階段了（分手），才發現該做後句的事情，或發現後句的事態（發現自己很愛她）。 b. 「に至っては」：前句指出事物達到某極端嚴重的負面狀況，針對其中一個最極端的例子（事態發展至此），說明已經到了無計可施的地步了。 c. 「に至っても」：逆接表現。即使到了某極端程度（發展到嚴重程度），後句的事項仍然沒變（他仍然一臉平靜）。有驚訝、批判語氣。 a. ▇ という重大な事態になって b. ▇ の場合は極端で c. ▇ 程度まで
16	に<ruby>至<rt>いた</rt></ruby>っては 至於／談到／提 起…	**N1** V普／N ＋ に至っては わが<ruby>校<rt>こう</rt></ruby>に<ruby>至<rt>いた</rt></ruby>っては、<ruby>一人<rt>ひとり</rt></ruby>も<ruby>東大合格者<rt>とうだいごうかくしゃ</rt></ruby>を<ruby>出<rt>だ</rt></ruby>すことができなかった。 至於我們學校，連一個能考上東大的人都沒有。 從眾多的人事物（眾多學校）當中舉出一個具極端的典型例子（我們學校），然後加以評價、敘述（沒人能考上東大）。 ※話者的評價多是消極的、批評的。

文法號碼	文型 _{ぶんけい} 文型中文翻譯	文法常見句型 P30.mp3 例句+例句中譯 文型解說/註解 ═ 為同義詞，✳ 為該文型的其他形式
1	によって【手段、方法】 透過／靠…	**N3** N ＋ によって 面接試験_{めんせつしけん}によって合否_{こうひ}を決定_{けってい}します。 透過面試來決定是否合格。 表示某事態（決定合格與否）使用的方法、手段、方式（用面試）。 ※不用在道具、工具方面的方法。 例如：○はさみで髪を切ります。 ✕はさみによって髪を切ります。 ═ で ✳ によるN／により
2	によって【被動的動作主】 由…	**N3** 主語 ＋ N ＋ によって ＋ 被動詞 └─ 無生命的事物 「ハムレット」はシェークスピアによって書_かかれた三大悲劇_{さんだいひげき}の一_{ひと}つです。 「哈姆雷特」是由莎士比亞所創作的三大悲劇之一。 用以敘述某無生命的事物（《哈姆雷特》），經由發現、創造（例：設計、作る、書く、発明する、発見する）（經由莎士比亞創作）而成立、造成，並且此行為需要用被動表現。 ※「によって」前會是動作的主語，而此動作主體也是全文的重點。 ═ に
3	によって 根據／依據…	**N3** N ＋ によって 村_{むら}の掟_{おきて}によって、村長_{そんちょう}は婚礼_{こんれい}に参列_{さんれつ}する。 根據村裡的成規，村長會出席婚禮。 表示依據、按照（村裡的成規）。

4	**（ところ）によると** 根據…	**N3** Vる／Vた ＋ ところによると N ＋ によると ← 可用「判斷、經驗、記憶、看法、見解」等表示判斷的出處 **後句**：多傳聞「そうだ、ということだ、とのことだ」或推測「だろう、らしい、ようだ」等。 てんきよほう こんしゅうまつ こうすいかくりつ **天気予報によると、今週末の降水率は８０％。** 根據天氣預報，周末的降雨機率是80%。 表示傳聞（降雨率）的情報源、出處，或是推測結果的依據（天氣預報）。 ⟺ では ✱ （ところ）によれば、（ところ）では
5	つう **を通じて** 31 **【手段、媒介】** しゅだん 透過／由…	**N3** N ＋ を通じて かれ ゆうじん つう し あ a. 彼とはを友人をを通じて知り合いました。 我和他是透過朋友認識的。 いちばんかくじつ けいたいでんわ つう けいほう はっ b. 一番確実なのは携帯電話を通じて警報を発することです。 最確實的是透過手機來發出警報。 a. 表示為了達成某事、目的（和他認識）時，利用某種媒介（朋友）、手段去實現，媒介通常是「人、物品、交易」，而目的通常是「物、利益、事項」。**強調的是「手段、媒介」。** b. 指只能透過這一個方法（透過手機）才能達成目的，實現某事（發出警報），其他的辦法是行不通的。 しゅだん ばいかい ⟺ を手段として／を媒介として
6	とお **を通して** 31 **【手段、媒介】** 透過／由／通過…	**N3** N ＋ を通して せんせい しゅざい もう こ わたし とお a. 先生への取材の申し込みは、私を通してください。 採訪老師的申請，請透過我提出。 せかいじゅう じょうほう あつ b. インターネットを通して世界中の情報を集めることができる。 透過網路，能收集到全世界的情報。 かれ えいが とお にほんしゃかい やみ み c. 彼の映画を通して日本社会の闇を見ることができる。 透過他的電影，能窺見日本社會的黑暗面。 a. 做某事（申請採訪），或某事成立的時候，以人（我）或事物作為媒介、手段以達到目的。強調「通過某媒介做某事，有積極意義、態度」。 b. 指通過其他方法（網路）也可以達到自己的目的（收集全世界的情報），不只一種方式。 c. 透過或通過某一事物（他的電影）「看」某種東西（日本社會的黑暗面），例：透過窗戶～ しゅだん ばいかい ⟺ を手段として／を媒介として

7	をもって／ をもってすれ ば／ をもってして も【手段】 a. 以／用… b. 只要用… c. 即使以…也…	**N1** Ｎ ＋ をもって／をもってすれば／をもってしても └ 表方法手段，多接續「自信、確信、余裕」或表期限的「本日、今回、これ、12時、以上」 慣用：身をもって（切身體驗） a. 彼は初めてのアルバイトで自分でお金を稼ぐことの大変さを、身をもって知った。 　藉由初次打工，他親身體會到靠自己賺錢的辛苦。 b. 最先端のCG技術をもってすれば、本物と見紛う映像を作ることも可能だ。 　只要用最尖端的CG技術，可以做出以假亂真的影像。 c. 最高の名医と言われる彼の腕をもってしても治せない病気がある。 　即使是被稱作最傑出的名醫的他的技術，也有無法治好的病。 a. 「をもって」：表示以手段（親身體驗）、方法、工具、仲介（物）、根據做某事（了解賺錢的辛苦）。或是持續進行的事情，以此為期限結束。有時也表示原因。 ※不用來表達身邊的具體工具、手段。 ※多用於大會發表、致詞、會議等。書面的話用於正式公文。 b. 「をもってすれば」：（順接）表行為的手段、工具、方法、仲介物、原因等（CG技術），用以上所述的做某事（做出以假亂真的影像）。 ※不表身邊具體的工具、手段。 c. 「をもってしても」：（逆接）表示用某方法、手段（用名醫的技術）也…（也有無法治好的病）。 ≒で ※ をもちまして（更鄭重）／をもってすれば／をもってしても
8	にかこつけ て 以…為藉口／為 由	**N1** Ｖ名詞形／イ名詞形／ナ／Ｎ ＋ にかこつけて 主人は接待ゴルフにかこつけて、いつも家にいない。 丈夫以陪客戶打高爾夫球為藉口，總是不在家。 前句放一藉口（陪客戶打球），表示藉由這個藉口所述的原因，將自己的行為正當化（把不在家的行為正當化）。通常藉口（陪客戶打球）都是無關後句成立的事情（跟不待在家無關）。後句通常敘述會被指責的事情（指責總是不在家）。 ≒を言い訳にして

9 でもって
a. 用／以..
b. 而且／然後

N1 N ＋ で もって
← 用來加強「で」的語氣

a. 合否は後日、電話でもってご連絡致します。
是否合格，過幾天後會以電話通知您。

b. 彼はイケメンだ。でもって性格も優しい。
他不但長得帥，個性也體貼。

a. 表示手段、方法或原因（用電話）。是「で」的強烈用法。

b. 補充談話內容（補充個性體貼這項），使談話繼續延續下去。是較隨便的用法。

a. ≒で／b. ≒そのうえ／b. ≒かつ

✳ にて

10 にて
a. 在…
b. 以／用…

N2 N ＋ にて
慣用：これにて（在此～）、当方にて（我們這裡～），都是日常會話不會用到的尊敬語。

a. お急ぎの場合は、新宿駅にてJRにお乗換えください。
趕時間時，請在新宿車站轉搭JR。

b. キャンセルなさる場合は、キャンセルフォームにてお手続きください。
您要取消的狀況時，請用取消功能辦理手續。

a. 表示做動作，或事情發生（趕時間要轉乘）的場所（新宿車站）。

b. 以客觀的方式，告知後續要做的事情（想取消）所使用的方式（使用取消功能）。

≒で

文法號碼	文型 ぶんけい 文型中文翻譯	文法常見句型 例句+例句中譯 文型解說/註解 ≒ 為同義詞，✱ 為該文型的其他形式　　　P31.mp3

N2 N ＋ をはじめ ＋ 表多數的「みんな、いろいろ、たくさん、だれも」

妻をはじめ、家族共々、田中さんには本当にお世話になりました。

以我妻子為首，我們一家真的是承蒙了田中小姐的照顧。

提出某個範圍全體成員中代表性的人（我妻子）事物，並以這個代表敘述整體人員（我們家全員）內的事情（受照顧）。

※「をはじめ（として）」是代表性人事物範圍內的事物。而「を中心として」是指代表性人事物外，延續超出範圍更廣的同類人事物。

※如果不使用「をはじめ」，而是使用「をはじめとして」，則後句不接表命令的「てください」或表意向的「よう」。

≒ を第一に／などの／と

✱ をはじめとするN

1　をはじめ（として）

以…為首／為代表

N2 N ＋ からして

彼は本当にズボラな人間だ。服装からしてダラしない。

他真的是很懶散的人，從服裝來看就很邋遢。

表示判斷的依據（看服裝）。提出最基本、最一般、最微小的一個因素（服裝），表示連某人事物都這樣了（服裝都穿成這樣了），更何況是其他。

※多用於負面、消極、不利的評價。

≒ 第一の例をあげれば～／だけを考えても

2　からして

（就）從…來看

N3 N ＋ から ＋ N ＋ にかけて ＋ 多接續「時間、地點、年代」

夕方から夜にかけて、局地的な雷雨が予想される。

從傍晚到夜裡，預測會下局部性的雷雨。

表示範圍。舉出起點（非確切時間點的傍晚）和終點（非確切時間點的夜裡）都不是十分明確的範圍，這個範圍內的時間、地點、狀態是連續或斷續的（有可能或不是一直在下雷雨）。

※後句不接一次性的動作，必須是持續性的動作或狀態。

※から～まで：起點和終點是明確的。
　から～にかけて：起點和終點是大概的、模糊的。

≒ から～までの間

3　から～にかけて

從…到…

4	にわたって 全部；經過…整 個…；涉及整 個…；長達…	**N3** N ＋ にわたって └─ 多為表達時間、場所、次數等範圍的詞彙 じんしんじ こ 人身事故のため、2時間にわたって全線がストップした。 因為人身事故，整整長達2小時全線停駛。 表示某個狀態（停駛）已經涉及、擴展到某個範圍的所有事物了，已經不是小範圍的狀況了。表示時間之長（2小時），範圍之廣。 ※から～まで：確切的範圍。 　から～にわたって：大致上的範圍。 例：駅前から公園にわたって工事中だ。（從站前至公園一帶，正在施工。） ≡ の全体に ※ にわたるN／にわたったN／にわたり
5	を通して 30 【持續期間】 在…期間內一直…	**N3** N ＋ を通じて └─ 期間、範圍名詞 かいいき ねん つう なみ おだ この海域は1年を通じてずっと波が穏やかです。 這海域一年間一直都是風平浪靜。 在某個固定時期或範圍（1年間），不間斷一直保持這樣的狀態（風平浪靜）或動作。基本上和「を通して」相同。 ≡ の間ずっと／のうち～いつでも／のうち～どこでも
6	を通して 30 【持續期間】 在…期間內一直…；中／期間…	**N3** N ＋ を通して ＋ 有積極意義、意志性的句子 └─ 表示期間的詞語 かれ からだ ねん とお きた せいか あらわ 彼の体には、1年を通して鍛えた成果がはっきりと表れている。 在他的身上，明白地顯示出在這一年內持續鍛鍊的成果。 在某個固定時期、期間（1年內）、範圍，不間斷一直保持這樣的狀態或動作（鍛鍊）。基本上和「を通じて」相同。 ≡ の間ずっと
7	だけ 在…範圍內，盡可能	**N3** 普（肯定型）（ナな） ＋ だけ 慣用：できるだけ（盡可能）、ほしいだけ（想要多少都可以） よ 好きなだけゆっくりしていってください。 請盡量隨意待在這裡。 表示限定的範圍。指已經不能再比現在更高的限度（以「喜歡」為最高限度）做某事（待在這裡）。有最大程度、最高滿足、全部範圍的意思。 ※ だけのN

8 | 限り【界線】
かぎり
以…為限・盡量…／竭盡…

N2 V る／N の ＋ 限り
└─ 多可能動詞

慣用：力の限り、命の限り、ぜいたくの限り、声を限りに

東京へ出ていく彼を、できる限りの笑顔で見送った。
竭盡所能地用笑容，送他前往東京。

在到達某個極限、最高界線（以「能做到」的界線）前，盡全力、盡全本事（竭盡所能）做事情（用笑容）。

≒ の限界ぎりぎりまで
※ 限りのN

---

9 | まで
甚至連／都…

N3 N ／動名 ＋ まで
└─ 情緒

最も信頼していたあなたまで、私を裏切るの。
甚至連我最信賴的你，都要背叛我嗎。

舉出極端的例子，指不用說一般認為的範圍，連涉及到沒想到的範圍（最信賴的你）都發生某事（背叛）。話者帶有極端驚奇、驚訝的口氣。

※話者的主張、判斷、評價。

≒ も／さえ

---

10 | を皮切りに
かわき
以…為開端／契機

N1 N ＋ を皮切りに
└─ 某個時間點、事物、地點

東京公演を皮切りに、全国ツアーがスタートする。
以東京公演為開端，展開全國巡演。

以某個時間點或事物（東京公演）、地點做為開端，之後開始陸續進行一連串同類型的行動（全國巡演）。連接的名詞（東京公演）用以表示後句敘述的行為發生的契機（展開全國巡演），所以後句也會是起始的行為。後句通常是指有很大進展或進一步發展，例如繁榮飛躍、事業興隆等。

※「を皮切りに」表示將某事物做為同類事物發生或發展的開端，不是表示新的開始。如果要表示新的開始，則要用「をきっかけに」。

≒ から始まって
※ を皮切りにして／を皮切りとして

11	に至るまで （いた） 甚至到…	**N1** 前句：多接續「から」（表示從這裡的範圍到那裡都是如此） $\boxed{N}$ + に至るまで ↖ 極端意義的名詞 北海道から沖縄に至るまで、全都道府県を回る。 （ほっかいどう）（おきなわ）（いた）（ぜんとどうふけん）（まわ） 從北海道開始環遊日本全都的道、府、縣，甚至要到沖繩。 表示事物的範圍已經到了上限的極端程度，範圍涉及非常廣（最北的北海道到最南的沖繩）。 ≒ までも
12	を限りに （かぎ） 以…為限	**N1** $\boxed{N}$ + を限りに + 多接續「やめる、別れる、引退する」 ↖ 契機、時間點（例：今日、今回） 今回のライブを限りに音楽活動を休止することを発表する。 （こんかい）（かぎ）（おんがくかつどう）（きゅうし）（はっぴょう） 發表了此次演唱會後，將停止音樂活動的消息。 以話者用此文型說出話的開始起算（以這次的演唱會起算），表達在此之前一直持續的事物，今後不再繼續下去（不再進行音樂活動），表示以此為一個期限點。 ※正負評價皆可使用。 ≒ を最後として／〜の限度まで〜する （さいご）（げんど）
13	をもって【期限】 以…為期限	**N1** $\boxed{N}$ + をもって ↖ 表期限、時間的詞語（例：本日、今回、12時、以上、これ） 本公演をもって全国ツアーが終了した。 （ほんこうえん）（ぜんこく）（しゅうりょう） 全國巡演在本次公演後結束。 宣布一直在持續的事物（全國巡演）到那一截止點（公演）為期限結束。表示時間的開始或結束。 ※用於正式文件、書面、會議、演講、寒暄語，較生硬的表現。 ≒ で ※ をもちまして
14	というところだ 頂多／充其量／最多不過…	**N1** $\boxed{N}$ + というところだ ↖ 不太多的數量，或是程度不太高的詞 今月の出勤数を見ると、私がもらえるボーナスはせいぜい3万円というところだ。 （こんげつ）（しゅっきんすう）（み）（わたし）（まんえん） 看了下這個月的出勤時數，我能拿到的津貼充其量就是3萬日幣吧。 說明某階段（這個月的）的大致情況或程度（出勤時數），頂多只有文中的數目、程度而已，最多不會超過這個數目、程度（3萬日幣）。多用在低調的評價或推測。 ≒ 最高でも〜だ／せいぜい〜だ／〜にすぎない （さいこう） ※ といったところだ／（口語）ってとこだ

文法號碼	文型 (ぶんけい) 文型中文翻譯	文法常見句型	P32.mp3
		例句＋例句中譯	
		文型解說/註解	
		〓 為同義詞，※ 為該文型的其他形式	

1

に限って (かぎ)

a. 只限／唯獨／只有

b. 偏偏（只有、唯有）…

N2 N ＋ に限って ＋ 有時加推量

慣用：人物名詞 ＋ に限って～ない（唯獨…，才不會…）

a. 6歳以下の未就学児 (さい いか みしゅうがくじ) に限り入場料 (かぎ にゅうじょうりょう) が無料 (むりょう) だ。
只限6歳以下的未就學兒童入場費免費。

b. 疲 (つか) れている日に限って、残業 (ひ かぎ ざんぎょう) する羽目 (はめ) になる。
偏偏在很累的時候，落到加班的下場。

a. 表示特殊限定的數量、範圍（6歲以下未就學兒童）、事物，說明唯獨這種事物特別不一樣（跟別人不一樣，能免費）。

b. 表示不如意的事情突然發生（很累的日子偏偏又要加班）。

〓 だけは／の場合 (ばあい) だけは

※ に限 (かぎ) り

2

限りでは (かぎ)

就…來（說）；
基於…範圍內

N2 前句：取得情報的行為（例：見る、聞く、調べる、知る、調査）→通常為第一人稱

Vる/た／Nの ＋ 限りでは

私 (わたし) の知 (し) る限 (かぎ) りでは、彼 (かれ) にそんなことをする度胸 (どきょう) はない。
就我所知，他沒膽量做那樣的事。

以獲得情報的行動為限定的範圍（以我所知為範圍），憑著這些範圍做出判斷，然後提出看法（他沒膽量做）。

〓 の範囲 (はんい) のことに限 (かぎ) れば～

※ 限り／限りは／限りで／限りだ

3

限り（は） (かぎ)

【條件的範圍】

只要…就…／除非…否則…

N2 普（現在）（ナな/である／Nである） ＋ 限り（は）

急 (きゅう) な天候 (てんこう) の悪化 (あっか) がない限 (かぎ) り、必 (なら) ず開催 (かいさい) します。
只要天氣沒有突然惡化，就一定會舉行。

在前句充分的敘述條件（天氣這個條件），表示前句的狀態在持續進行的期間如果變化了（天氣惡化），後句狀態也持續跟著變化（不舉行）。相反地，也有前句沒這樣的狀態（沒惡化），後句會有相反的事態發生的意思（會舉行）。「限り（は）」前後都接時間上有延展性的詞句。

〓 の状態 (じょうたい) が続 (つづ) く間 (あいだ) は

4	だけ（で） a. 只要…就… b. 只是／只有	**N3** 普（ナ_な） ＋ だけ（で） a. この消しゴムは軽く擦るだけで、簡単に消すことができます。 　這個橡皮擦只要輕輕地擦，就可簡單地消除。 b. 我が家に赤ん坊がやってくるなんて、想像するだけで嬉しくなる。 　有小寶寶要來到我們家，只是想像都好開心。 a. 除此之外，別無其他（輕輕擦）。 b. 表示沒有實際的體驗（寶寶沒來過家，用想像的），也可以感受到 　（感受開心）。
5	ただ～のみ 只有／僅／唯 獨…	**N1** ただ ＋ N／普（ナ_{である}／N_{である}） ＋ のみ 慣用：ひとり～のみ（相同…） ただ継続した者のみが成果を手に入れることができる。 只有堅持下去的人，才能得到成果。 限定範圍。表示除此以外沒有其他（除了堅持下去的人），就針對、 集中的單指這件事（單指堅持下去這種人）。 ※「ただ」和「のみ」、「だけ」、「ばかり」相呼應，有加強語氣 　作用。 ※「のみ」→嚴格具體限定範圍、程度。 ≒ただ～だけ／その一つに限定して ✻「のみ」＝「だけ」
6	ただ～のみ ならず～も 不只／不僅僅／ 不光…還／也…	**N1** ただ ＋ 普（ナ_{である}／N／N_{である}） ＋ のみならず ＋ N ＋ も 彼はただ誠実であるのみならず、ユーモアのセンスにも溢れている。 他不僅僅誠實，還富有幽默感。 表示不僅是前句這樣（誠實），還擴及到像後句這般更大的範圍（幽 默感），或甚至波及到其他。 ※「ただ～のみならず」常會和「も」相呼應。 ※「も」也可改成「さえ」或「まで」。 ≒ただ～だけでなく～も～ ✻「のみならず」＝「だけでなく」 　だけでなく～も／だけじゃなく～も／ 　だけでなく～さえ／だけじゃなく～さえ

7	**ならでは** 只有…才…／正因為…才有（的）	**N1** N ＋ ならでは 海の街ならではの新鮮な海の幸をご堪能ください。 請享用只有臨海的城鎮才會有的新鮮海味。 表示在特定的情況下，如果不是前句（臨海的城鎮），就沒有後句這麼好的結果（可享用新鮮海味）。含有高度評價、讚嘆的語氣。 ※常在商業廣告上看到的文法。 ≒ でなければ不可能な～／ただ～だけができる～ ＊ ならではの～／ならではだ（用在句末）
8	**をおいて** a. 除了／不管… b. 除了…之外（沒有別的可相較）	**N1** a. N ＋ をおいて b. N ＋ をおいて（ ＋ 否定形） a. 私にとっては他の何をおいても息子が大事だ。 對我來說，不論如何，兒子才是最重要的。 b. 彼を説得できる人は、あなたをおいて他にいない。 能說服他的，除了你之外沒有別人了。 a. 除此之外再也沒有了，是獨一無二的，沒有相比較的事物了，就是以這個為優先（兒子優先）。 b. 除了某人（你）事物之外，沒有可以跟前句相比、替代的人事物（能說服他的人）。用於表示對某人事物的積極評價或選擇。語感強烈。 ≒ 以外に～ない／～をおいて～ほかは～ない

文法號碼	文型 ぶんけい 文型中文翻譯	文法常見句型 例句+例句中譯 文型解說/註解 🔁 為同義詞，❋ 為該文型的其他形式　　P33.mp3
1	ばかりでなく 不光／不但／不僅…（也）	**N3** 普（ナな/である／N／Nである）　＋　ばかりでなく 後句：多接「～も、まで、さえ」 この店は料理が美味しいばかりでなく、サービスも素晴らしい。 這間店的菜不光是美味，服務也相當優秀。 添加、補充情報。不只是前句所述的範圍（美味部分的好），範圍更廣，已波及其他的，指就連某事也…（就連服務部分也好）。 ※可用在忠告、建議、委託表現中。多翻譯為「不要只有…最好…」 ※後句可表示意志、希望、命令、勸誘、要求人做事。 ※正負評價都可以使用。 🔁 だけでなく／だけじゃなくて
2	ばかりか 不僅／不但／不只…還／而且…／何止是…	**N2** N／普（ナな/である／Nである）　＋　ばかりか 後句：多接「～も、まで、さえ」，表示某程度更深的事件的句子。 慣用：そればかりか（不但如此） 夕食をご馳走になったばかりか、帰りのタクシー代まで出してくれた。 不但請我吃晚飯，而且還幫我出計程車費。 添加、補充情報。前句先舉出程度較低的事情（請吃飯），後句再舉出程度較高的事情（出計程車費）。前句和後句是遞進關係（小至請客，大至計程車費）。指不僅只是這個程度，還有更甚的程度。帶有感嘆、吃驚的語感。 ※與「ばかりでなく」不同的是，後句不可表示意志、希望、命令、勸誘、要求人做事。 ※正反面事情皆可使用。如果是反面的事情，後句多接「逆に、かえって、反対に」。 🔁 だけでなく
3	に限らず かぎ 不只／不僅／不光…	**N2** N　＋　に限らず 今日に限らず、うちの母はいつでも上機嫌なんです。 不只是今天，我媽總是心情愉悅。 添加、補充情報。表示不只是前句這個人事物（今天），相同屬性的後句人事物（別的日子）也是如此（媽媽都心情愉悅）。 🔁 ～だけでなく

4	**に限（かぎ）ったこと ではない** 不只／不僅／不 光…	**N1** N ＋ に限ったことではない 彼（かれ）の営業成績（えいぎょうせいせき）が振（ふ）るわないのは、今月（こんげつ）に限（かぎ）ったことではない。 他業績不佳，不僅僅是是這個月而已。 表示問題（業績不佳）不僅限於前句的狀態、問題、事物（這個月），還有其他狀況（其他月份）。一般用於**負面情況**。 ▤ に限ったことではなく／もに限らず、〜も
5	**のみならず** 不只是／不僅／ 非但…也…	**N2** N／普（ナである／Nである）　＋　のみならず 後句：多接「〜も、まで、さえ」。 彼（かれ）は、日本（にほん）のみならず世界的（せかいてき）に名（な）の通（とお）った音楽家（おんがくか）だ。 他不只是在日本，也是世界知名的音樂家。 添加、補充資訊。不只是前句的範圍，還有後句更上一層，範圍還更廣，更擴大的情況。**前後兩句都是正確的**。是較鄭重的講法。 ▤ だけでなく〜も／ただのみならず／ひとり〜だけでなく／ひとり〜のみ ならず ✳ のみか
6	**ただ〜だけで なく** 不只／不僅／不 單…還…	**N3** ただ　＋　N／普（ナである／Nである）　＋　だけでなく あの焼肉店（やきにくてん）の人気（にんき）の秘密（ひみつ）は、ただ安（やす）いだけでなく、新鮮（しんせん）な肉（にく）を仕入（しい）れて いることにある。 那間燒肉店受歡迎的秘密不單是便宜，還有進貨的肉類新鮮。 添加、補充資訊。表示不只是前句的範圍是如此（在價格這範圍），涉及的範圍更擴大的後句也是如此（肉類新鮮度的這個項目範圍）。後句內容是話者所偏重、重視的部分（比起便宜，肉類新鮮更是受歡迎的秘密）。常用在嚴肅的話題。 ※口語時可以省略「ただ」或「ひとり」。 ▤ だけでなく／ばかりでなく／に限（かぎ）らず ✳ ただ〜のみか（文言）、ただ〜のみならず（文言）
7	**にとどまらず** 不只／不限／不 僅…	**N1** ↙ 常見表示較狹窄的範圍的詞句搭配「だけ、のみ」等強調的 普（ナである／N／Nである）　＋　にとどまらず 後句：更廣大的範圍。常接「〜も、まで、さえ」與「だけ、のみ」以和「にとどまらず」相呼應。 日本（にほん）のアニメの人気（にんき）は、国内（こくない）にとどまらず、今（いま）や全世界（ぜんせかい）に広（ひろ）がってい る。 日本動畫的人氣，不僅限於日本國內，現在也擴大到了全世界。 表示某事超越了前句這個狹窄範圍（只有日本國內），不僅限於前句的範圍，更有後句更廣大的範圍（擴大到全世界）。 ※「にとどまらず」相當於「とどまらなくて」，因此常會在其後加上頓號「、」，然後再連接接下來的句子。 ▤ だけでなく／に限（かぎ）らず

121

文法號碼	文型 _{ぶんけい} 文型中文翻譯	文法常見句型

文型 ぶんけい
文型中文翻譯

文法常見句型 　　　　　　　　　　　　　P34.mp3
例句＋例句中譯
文型解說/註解
🔢 為同義詞，✴ 為該文型的其他形式

1

も～ば、～も

a.b. 既…又／
　　且…
c. 有…的不對，
　　有…的不是

N3 N ＋ も ＋ Vば／イいければ／ナなら（ば）／であれば／Nなら（ば）／であれば ＋ Nも

後句：多接續「だろう、でしょう、と思う」。

a. 彼は、邦楽も聴けば、洋楽も聴く。
　他既聽日本音樂，又聽西洋音樂。

b. 人生、楽しい時もあれば苦るしい時もある。
　人生，既有歡欣，也有痛苦之時。

c. そんな命令を出す上司も上司なら、それに従う部下も部下だ。
　下那種命令的上司固然不對，但服從命令的部下也有不是。

表示添加、累加。
a. 前句和後句為同一方向的事物（音樂類），表現強調。句子結構為：（＋，＋）或（－，－）。
b. 舉出同類或對照（歡欣對於痛苦）的事物，指**兩者兼具**（人生兼具**歡欣和痛苦**）。
c. 表示雙方都有不好（上司和下屬都不對）。帶有譴責的語氣。
※對聽者不可用命令、禁止、請託、勸誘等使役性句子。

🔢 も～し～も

✴ も～なら～も

2

上（に） うえ

不僅／既…還有
／且…；…再加
上

N3 前句：常見「ばかりか」。

普（ナな／である／Nの／である） ＋ 上（に）

慌てていた上に辺りが暗かったので、転んでしまった。
當時慌張再加上周圍昏暗，所以就摔倒了。

表示追加。在某種狀況（慌張）外，還有同類型更甚的情況（周圍昏暗），將後句的事情再添加於前句上面（導致摔倒是慌張添加上昏暗）。
※句子的結構：正向對正向（＋，＋），負向對負向（－，－），前後句的方向一致。
※對聽者不可用命令、禁止、請託、勸誘等使役性句子。

🔢 それに／だけでなく

3	**はもちろん** …不用說／是當然的…（是無庸置疑的）	N3 N（ ＋ 助詞）は ＋ もちろん **本番<ruby>本番<rt>ほんばん</rt></ruby>はもちろん<ruby>練習<rt>れんしゅう</rt></ruby>でも<ruby>本気<rt>ほんき</rt></ruby>を<ruby>出<rt>だ</rt></ruby>さなければいけません。** 正式演出不用說，就算練習時也要全力以赴。 表示前句的事情是當然要做的（努力），後句則加上同一個範疇（練習），強調不僅是前句那樣如此。（正式演出要全力以赴）後句也如此（練習也要全力以赴）。 ※正負向事情皆可用。 ≒ は<ruby>当然<rt>とうぜん</rt></ruby>として～／はもちろんのこと／はむろんのこと／は<ruby>言<rt>い</rt></ruby>うまでもなく～（も） ※ はもとより（更鄭重、語氣更強、前句程度比後句低）

4	**に<ruby>加<rt>くわ</rt></ruby>えて** 加上／而且…	N2 N ＋ に加えて ＋ 常接「も」 **<ruby>猫<rt>ねこ</rt></ruby>3<ruby>匹<rt>ひき</rt></ruby>に<ruby>加<rt>くわ</rt></ruby>えて、<ruby>犬<rt>いぬ</rt></ruby>も2<ruby>匹<rt>ひき</rt></ruby><ruby>飼<rt>か</rt></ruby>っている。** 養了三隻貓加上兩隻狗。 表示添加、累加。在以前或現在已經有的事物上（養了三隻貓），再加上一個類似的（寵物）別的事物（養了兩隻狗）。有時具有補充或強調的概念。 ※正向對正向（＋，＋），負向對負向（－，－），前後句方向要一致。 ≒ と、さらに～／だけでなく～も ※ に<ruby>加<rt>くわ</rt></ruby>え

5	**はおろか** 別說…了，就連…	N1 N ＋ はおろか **後句**：多接「も、さえ、まで、すら」，表示強調，帶有驚訝或不滿感等負面評價的句子。多為否定詞。 **<ruby>私<rt>わたし</rt></ruby>は<ruby>原付<rt>げんつき</rt></ruby>はおろか、<ruby>自転車<rt>じてんしゃ</rt></ruby>にも<ruby>乗<rt>の</rt></ruby>れない。** 別說是輕型機車了，我連腳踏車都不會騎。 意指別說前句了（輕型機車），根本沒說明的必要，而比前句程度更高、更極端或是必備的後句事物（腳踏車）也一樣（都不會騎）。 ※對聽者不可用命令、禁止、請託、勸誘等使役性句子。 ≒ は<ruby>普通<rt>ふつう</rt></ruby>としても～

6	もさることなが ら 不用說…更是…	**N1** N ＋ もさることながら 彼の作る料理は味もさることながら、見た目も美しい。 他做的菜美味不用說，看起來也是賞心悅目。 前句：基本內容（以料理來說，味道是基本）。 後句：要強調的內容（連美觀都顧及到）。 前句最基本的（味道）雖然不能忽視，但是後句因為更進一步（食物的外觀），也很重要，也不能忽視。 ※用於積極且正面的評價上。 ※もさることながら（指事物）。もさるものながら（指人）。 ※「もさることながら」比「よりも」的表現更間接。 ≒ も無視できないが／はもちろん ※ もさるものながら
7	と（が）相ま って／ と〜（が）相 まって 再加上…相結合	**N1** N ＋ と（が）相まって／と〜（が）相まって このスープは、細めのちぢれ麺と相まって、絶妙な味わいを生んでいる。 このスープと細めのちぢれ麺が相まって、絶妙な味わいを生んでいる。 這道湯和細的捲條相互結合，產生出絕妙風味。 表示某一事物（湯），再加上前句某個特別因素（細麵條），互相作用而產生了後句得更有力的積極或消極結果（絕妙風味）。 ≒ と影響し合って ※ も相まって／〜と〜と（が）相まって

文法號碼	文型 ぶんけい 文型中文翻譯	文法常見句型　　　　　　　　　　　P35.mp3
		例句+例句中譯
		文型解說/註解
		💬 為同義詞，✳ 為該文型的其他形式

1

ついでに

趁（機會）順便…/順手

(N3) V る／た／ 動名の ＋ ついでに
↳限於活動意義的動名詞

コインランドリーに行くついでに、コンビニに寄って雑誌を立ち読みした。

去投幣式洗衣店時，順路到超商站著看雜誌。

不是每天的習慣←前句：因為有預定好要做的行動（去投幣式洗衣店），所以有此機會和時機（有順路的機會）

後句：追加一件附帶的輕鬆小行動（去超商站著看雜誌）

💬 する機会につけ加えて／～の機会を利用して～をする

2

を込めて
　　こ

充滿／含著／傾注／帶著…

(N3) N ＋ を込めて

慣用：心、祈り、思い、恨み、力、願い、愛、感謝 ＋ を込めて

慣用：丹精込めて（全心全力）

愛を込めて、君にバラの花束を贈る。

送給你充滿愛的玫瑰花束。

表示對某事（送花束）傾注、灌注愛、思念、願望等感情。

💬 ～を入れて／～とともに

✳ を込めたN／をこもったN

3

こと（も）なく

不…（地）

(N2) V る ＋ ことなく

恥じることなく、胸を張ってどうどうと歩こう。

不要害羞，挺起胸堂堂正正地走吧。

心臓は24時間休むことなく脈動している。

心臓24小時不停歇地跳動著。

用在句子中頓。表示一般會做前句（一般會不害羞，挺起胸膛），或前句狀況會出現（一般會在24小時內休息一下），但前句不做（不害羞），沒發生過這種狀況（沒發生24小時內休息一下）。

※較生硬的說法、不用於日常生活事物。

💬 ないで／ずに

4	抜_ぬきで／ 抜_ぬきに 不算／除掉／省去	**N2** N ＋ 抜きで／抜きに 冗談_{じょうだん}抜_ぬきでうちの猫_{ねこ}は言葉_{ことば}をしゃべるんです。 這可不是說笑，我家的貓會說話。 意指抽取掉一般都會包含、原本就該有的事物（一般說貓會說話，都是在開玩笑，所以指取掉一般會包含、本該有的「玩笑話」）。 🖩 を入_いれないで／なしで／なしに （抜_ぬき＝N） ※ 抜きのN
5	抜_ぬきには／ 抜_ぬきでは 如果沒有…就（做不到、不可能）…	**N2** N ＋ 抜きには／抜きでは ＋ V_{れない}／表示困難的詞 この計画_{けいかく}は、彼_{かれ}の存在_{そんざい}抜_ぬきには考_{かんが}えられない。 這計畫如果沒有他就做不到。 如果沒有前句的人（他）事物，就做不到後句的事物（想不到這個計畫）。 「表示困難的詞」包括：「無理だ、不可能だ、難しい」等等。 🖩 なしでは／なしには ※ 抜_ぬきのN／を抜きにしては 12
6	は抜_ぬきにして 不考慮／除去／免去／停止	**N2** N ＋ は抜きにして 今夜_{こんや}は、仕事_{しごと}の話_{はなし}は抜_ぬきにして、無礼講_{ぶれいこう}でいきましょう。 今晚讓我們免去關於工作的話題，不分你我，盡情暢飲吧！ 意指把一般都會包含、原本就該有的事物排除在外（例如一般上司、同事聚在一起喝酒都會不由自主聊到工作）。 🖩 を入_いれないで ※ を抜_ぬきに／に抜_ぬきに／を抜きにして（は）
7	かたわら 一面…，一面…；一邊…，一邊…；同時還…	V_る／N_の／動名_の ＋ かたわら 彼_{かれ}は芸人_{げいにん}として活躍_{かつやく}しているかたわら、YouTuberとしても収入_{しゅうにゅう}を得_えている。 他一邊以藝人的身份活躍著，同時還是以YouTuber的身份有著收入。 前句：一邊在做這個人本來從事的工作、主業（藝人）。 後句：同時也在做不影響前句的工作、副業，是兼作的事情（兼職YouTuber）。 ※前句是較長時間的主要動作，後句是兼做的動作，兩者動作互不影響。 ※比「ながら」更持續、更長期。 🖩 一方_{いっぽう}で、別_{べつ}に〜

8	**がてら (副)** 順便／同時／ 借…之便	**N1** $\boxed{\text{V}_{ます}／動名}$ ＋ がてら 　　↖ 多用「歩く、行く」等移動有關的動詞 祖母は毎日散歩がてら、お墓詣りに行く。 奶奶每天散步的同時，順便去掃墓。 做前面的動作同時（散步），也藉機順便、附帶做後句的動作（掃墓）。這一個動作懷有兩個目的，也剛好可以得到兩個結果。 ※「がてら」不可以做接續詞。但「かたがた」可以。 ≒ を兼ねて
9	**かたがた** 順便／兼做／ 借…之便	**N1** $\boxed{前句}$：相同主語 　　$\boxed{動名}$ ＋ かたがた 　　$\boxed{後句}$：多用「訪問する、上京する」等移動有關的動詞，後句的 　　　　　　主語會和前句相同。 　　$\boxed{慣用}$：お祝い、お礼、ご報告 ＋ かたがた ご報告かたがたお礼申し上げます。 借報告之便順便表示感謝。 進行主要動作（報告）的同時，順便、附帶做了後句動作（表示感謝），也就是說做一個行為有兩個目的。**後句屬於從屬動作行為。** ※多用於信件或正式會話中，例如正式場合或商務場合。語氣禮貌且鄭重。 ※「がてら」不可以做接續詞。但「かたがた」可以。 ≒ も同時にするつもりで

PART36. 一致變化

文法號碼	文型 ぶんけい 文型中文翻譯	文法常見句型 P36.mp3 例句+例句中譯 文型解說/註解 😊 為同義詞，✳ 為該文型的其他形式
1	ば～ほど 越…越…	N3　Vば　　　　＋　Vる 　　　イいければ　＋　イい　＋　ほど 　　　ナなら（ば）　＋　ナな 　　　↘ 同一詞 ↙ 見れば見るほど欲しくなる。 越看越想要。 表示一方事物發生了變化（看著看著），另一方的事物也隨之發生變化（變得想要）。前後兩詞要用同一個（看），表示兩個事物成正比變化，或是超出預想外成反比變化。 😊 すれば…になり／もっと～すればもっと～になる ✳「ほど」是「ば～ほど」的省略
2	ほど【相關關係】 越…越…	N3　Vる／イい／ナな／N　＋　ほど 外国語は勉強するほど楽しくなる。 學習外語越來越有趣。 後句的事物（感覺、心情）隨著前句的變化（一直學習），也跟著產生變化（感覺有趣）。 😊 すれば…になり／もっと～すればもっと～になる ✳ 是「ば～ほど」、「なら～ほど」的省略
3	につれて 伴隨／隨著（逐漸）…	N3　Vる／動名　＋　につれて　＋　表示變化的詞語 　　　↖ 表示變化的詞語 時間が経つにつれて、闇は深さを増していった。 隨著時間流逝，夜色逐漸變深。 前句進展的同時（時間流逝），以此為理由，後句的事態也同時在進展（夜色變深）。是自然的、持續的、長期的變化。 ※後句不可表示話者的意向、意志（例：つもり），或指使某人做事（例：ましょう） 😊 すると、だんだん ✳ につれ（書面）

4	に従って【附帶】 伴隨／隨著（逐漸）…	Vる／動名 ＋ に従って ＋ 表示變化的詞語 └ 表示變化的詞語 寒気が強まるに従い、降雪は一層激しさを増してきた。 隨著氣溫下降，雪下得更加地猛烈。 科学が進歩するに従って、倫理的な問題が取りざたされる機会が増えた。 隨著科學進步，倫理方面的問題被議論的機會也逐漸增加。 隨著前句的作用和動作進展、變化（氣溫下降／科學進步），而發生後句相對應的變化（雪下得更猛烈／議論倫理問題也增加）。有因果關係的概念。 ※後句可以是意志句。 ≡ すると、だんだん／につれて／に伴って／に応じて／とともに ＊ に従い（書面）
5	に従って【基準】 遵從／按照…	N3 Vる／N／動名 ＋ に従って └ 人、規則、基準、指示、依據等詞 案内表示に従って、移動してください。 請按照導引標誌移動。 表示行為動作的方式。依照前句給的指示、意思等（導引標誌），做後句動作（移動）。 ※後句有兩種狀況，一是陳述對方的指示、建議，二是自己的意志。
6	に伴って 隨著／伴隨著（逐漸）…	N2 Vる／N／動名 ＋ に伴って ＋ 表示變化的詞語 └ 表示變化的詞語 村の子供の数が増えるに伴って、村人の笑顔も多くなった。 隨著村子的小孩數增加，村人的笑容也變多了。 與連帶著前句變化（村裡小孩變多），隨之也發生後句的變化（村人的笑容也變多）。前後時間幾乎同時。 ※不用於私人事情，會用在大規模的變化。 ≡ すると、それに応じてだんだん／とともに／につれて ＊ に伴い（較生硬）／に伴うN
7	と共に【相關關係】 隨著…	N2 Vる／N ＋ と共に ＋ 表示變化的詞語 └ 表示動作或變化的詞語 雪解けと共に次々と緑が芽吹き始める。 隨著雪融，新綠開始一個個探出嫩芽。 表示發生了前句的動作或變化（雪融），而後句也相對應的發生了其他的動作或變化（探出一個個嫩芽）。或是兩個事情同時發生。 ≡ すると、それに応じてだんだん

文法號碼	文型 ぶんけい 文型中文翻譯	文法常見句型 P37.mp3
		例句+例句中譯
		文型解說/註解
		🔁 為同義詞，**※** 為該文型的其他形式

N3 Vる ＋ 一方だ
↖ 表變化的動詞

1

一方だ
いっぽう
（不斷地）一直
／越來越…

いつも笑顔で暮らしていると、良いことが起こる一方だ。
經常帶著笑容生活，就會越來越多好事發生。

（朝著同一個方向→）表示某個事物的情況（好事發生）或傾向朝著某一個方向沒有止盡的變化下去（一直發生好事下去）。用法很廣。
※用在褒義和貶義皆可。

🔁 ますます〜していく

N2 Vる ＋ ばかりだ
↖ 表變化的動詞

2

ばかりだ
一直／越發…

悪いところばかり指摘していては、モチベーションは下がるばかりだ。
老是指責不好的地方，會越發越沒動力的。

事物的狀態或行為朝著不好的方向一直變化、發展下去（變得沒動力），程度不斷地加劇（越來越沒動力）。
※用在負面事情上。

🔁 ますます〜していく

N2 前句：多接續「日々、刻一刻と、ますます、ようやく、だんだん、どんどん、しだいに、少しずつ」

Vます ＋ つつある
↖ 正在持續中的動詞

3

つつある
正在／逐漸／不斷地…

人口の減少と共に、住宅管理が難しくなりつつある。
隨著人口減少，住宅管理也逐漸變得困難。

表示事物的某動作（管理）正向某一方向持續發展或前進（變困難），在進行的過程中。相對於「ている」表達的動作於中途階段，「つつある」較指處在某「變化」正當中，因此動詞不適合使用「食べる、飲む、書く、生きる」等。
※通常不會用在日常會話之中。

🔁 今ちょうど〜している

4	ようとしている （眼前）馬上就 要…了	**N2** $\boxed{V_{(\text{よ})う}}$ + としている ↳ 無意向的動詞・例：始まる、終わる
		テレビ番組が、23:55を知らせようとしている。 電視節目正要報時現在是23點55分。
		表示動作正要開始（正要報時）或即將結束時的狀態。 ※常出現在文學或詩歌中。 ≒ まもなく〜する／今〜するところ ✳ ようとするところ（可以使用意向動詞）

文法號碼	文型 ぶんけい 文型中文翻譯	文法常見句型　　　　　　　　　　　　P38.mp3
		例句+例句中譯
		文型解說/註解
		⩓ 為同義詞，※ 為該文型的其他形式

N3 N ＋ にとって
　　　↖ 多指人、組織

後句：a. 可能、不可能。
　　　b. 表評價、價值詞句，例：「難しい、有難い、深刻だ」。
　　　c. 形容詞的判斷文。

※不可接表明態度的詞句，例：「賛成、反対、感謝する」。

1

にとって
對於…來說／而言

あなたにとって、忘れたくない思い出は何ですか。
對你而言，不想忘記的回憶是什麼？

表示站在此名詞（人<含自己>、組織等）（你）的立場考慮、判斷、認識、感覺的話會是怎樣的感受，並給予評價或判斷（不想忘記的回憶是什麼）。是一種描述句或判斷句。

⩓ の立場から考えると／の立場から見て

※ にとっては／にとっても／にとってのN、にとりまして（較有禮貌）

N3 N ＋ として ＋ 有動作的句子

人間として自然に生きるとは、どういうことだろう。
以一個人類的身分自然的活著，到底是什麼意思呢。

2

として
以／作為（身分、立場）

提出一個人事物（人類），評價並明確說明立場、身份、地位、資格、種類、名目、作用等（有不能做的事）。
※有格助詞的作用。

⩓ 立場で／の資格で／の名目で

※ としてのN、としては

N3 N／動名 ＋ を ＋ N／動名 ＋ として
　　　　　　　　　　　↖ 表「地位、資格、名分、種類、目的」的詞

このテストは日本語の上級者を対象としたものです。
這個測驗以日語熟練者為對象。

3

を〜として
把…當做／視為…

把「を」前的事物（日語熟練者）設定為「を」後進行或認定的內容、基準、榜樣（測驗的對象），決定把該行為、事物作為習慣，有事也有表示認定、決定之概念。

※「を〜として」的改變是臨時的。例：机をテーブルとする。（原模原樣地使用），而「〜にして」的改變是永久的。例：椅子をテーブルにする（意為將椅子改成桌子。改造之後再使用）

⩓ は〜であると考えて

※ を〜とするN／を〜とした／を〜にする／を〜にして／を〜にした

4	としては 以…立場來判斷	**N3** N ＋ としては ＋ 判断文 プロの歌手_{かしゅ}としては、喉_{のど}を守_{まも}るためにマスクをしない訳_{わけ}にはいかない。 身為專業歌手，為了保護喉嚨，不能不戴口罩。 判斷某事物時（身為專業歌手），明確說明立場、資格、種類、名目等（必須保護喉嚨，要戴口罩）。 ※有格助詞的作用 ≒ 立場_{たちば}で／の資格_{しかく}で／の名目_{めいもく}で
5	としても 作為…也…	**N3** N ＋ としても ＋ 動作文 そんな説明では、私_{わたし}としても納得_{なっとく}できません。 那樣的説明，我也無法同意。 提出一個人事物（我），評價並明確説明立場（無法同意）、身份、地位、資格、種類、名目、作用等。並表示也還有其他的人、組織持有同樣的立場觀點（例如其實其他同伴也不同意）。 ≒ 立場_{たちば}で／の資格_{しかく}で／の名目_{めいもく}で
6	の上で_{うえ} ／上_{じょう} a. 從（方面、角度、觀點）來看… b. 在…上／方面	**N2** Nの ＋ 上で N ＋ 上 b. **慣用**：法律上、経済上、表面上、生活上、都合上、習慣上、健康上、～の関係上 a. 暦_{こよみ}の上_{うえ}では春_{はる}だが、まだ寒_{さむ}さが厳_{きび}しく、雪予報_{ゆきよほう}も出_でている。 月暦上是春季，但還極度寒冷，還有下雪預報。 b. 彼女_{かのじょ}は健康上_{けんこうじょう}の理由_{りゆう}で退職_{たいしょく}した。 她因健康上的理由而離職。 表示從眼前看到的人事物（a.月曆）、角度、觀點（b.健康狀況）來判斷的話，會有某狀況。 ≒ の方面_{ほうめん}では／を見_みて評価_{ひょうか}すると ※ b. 上は／上も
7	からいうと 從…來說／看	**N2** N ＋ からいうと ＋ 提議、推測、判斷的語感 ↳ 不接表示人、組織的名詞（註：「からみると」的名詞可表示人） トレーナーの立場_{たちば}からいうと、トレーニングには休_{やす}みも必要_{ひつよう}だ。 從教練的角度來説，訓練時休息是有必要的。 以這個N的角度或立場、依據來判斷的話（教練的「角度」），情況會如何之意（訓練時期休息還是必要的）。 ※和「からすると」用法、意義相同。 ≒ の立場_{たちば}／方面_{ほうめん}から判断_{はんだん}すると／からすると ※ からいえば／からいって

133

8	**からすると** 從…來說／看	**N2** **N** ＋ からすると └─ 判斷、評價的依據 イントネーションからすると、彼は田舎から出てきたのかもしれない。 從腔調來看，他可能是從鄉村來的。 表示從某個基準、立場、觀點、依據來判斷的話（腔調），情況會是如何之意（是鄉村來的）。 ※和「からいうと」用法、意義相同。 ≒ の立場から考えると／からいうと ＊ からすれば／からして／したら／からして（舉出極端的例子）
9	**からみると** 從…來看；根據 ／就算從…來看	**N2** **N** ＋ からみると └─ 可表示「人」（具體的、具象的），判斷、評價所發出的依據 お腹の張り具合からみると、今夜には産まれるかもしれない。 從肚子狀況看來，今晚可能就會生了。 表示從某N（例如某位孕婦）的立場或根據（具體的肚子狀況）來判斷、思考的話，情況應會是如何之意（今晚可能要生了）。 ※多為從「視覺上」來判斷。 ≒ の立場から観察すると／からすると／からいうと ＊ からみれば／からみたら／からみて（も）
10	**にしたら** 作為…來說…； 就…而言…； 從…角度看的 話…	**N2** **N** ＋ にしたら └─ 話者以外的「人」或組織，話者站在那個人或組織的立場上來推測 後句：多接續「だろう、かもしれない」。 彼にしたら、断腸の思いだったに違いない。 對他來說，一定是感到痛苦萬分。 表示話者站在自己以外的人（他）、組織的角度來推測他（們）的想法、心情（痛苦萬分）、觀點或評判。大多話者帶有「同感、同情」等感情色彩。 ≒ の立場に立ってみれば／の気持ちでは ＊ にすれば／にしてみたら／にしてみれば

11	にしたところ で 即使／就算／作 為…也…	**N2** 前句：表話者主張、意見的副詞「もしも、たとえ、かりに」 N ＋ にしたところで ＋ 多接否定 後句：常以「どうしようもない」結尾。 どんな億万長者にしたところで、やがて死ぬという点では同じだ。 就算是百萬富翁，也一樣是終將一死。 即使前句成立或是事實（是億萬富翁），也不會有如前句所期待的結 果（例如有錢人就會特別不一樣），甚至還出現相反的結果（跟一般 人一樣會面臨死亡）。後句多為負面的判斷、解釋、評價。 ≒ の立場でも ✻ に＝と、ところで＝って 　にしたって／としたところで／としたって／としても
12	上で（は） 在…方面…	**N2** Vる／N／動名の ＋ 上で ↳ 正面、積極的目的，正在做某事的過程中 後句：達成此目的必須採取的行動或十分重要條件。 自由に生きる上で、他人に決定を委ねてはならない。 為了自由地生活，不能將決定權交給他人。 表示在某時或某過程中所出現的問題或應注意的事項（在自由活著的 問題上要注意…）。 ✻ 上でのN
13	なりに 這般／那樣的； 與…相應…	**N1** 普（ナだ／Nだ） ＋ なりに 慣用：私なりに〜 できない奴は、できないなりに全力を尽くすべきだ。 做不到的人，就算是做不到也該竭盡全力。 依照前句人事物不足的部分（做不到的人），以此為基礎（就算還是 做不到這般），表示盡最大力氣及努力做與後句相符合的事情（也應 當竭盡全力）。大多有正面評價的意思，表示已經不錯、足夠了等。 ※表示謙虛、禮貌，不用於長輩或上司。 ※比「できるだけ」來說更有自己的想法。 ≒ の立場にふさわしい程度に／の力の及ぶ範囲で ✻ なりのN

文法號碼	文型 ぶんけい 文型中文翻譯	文法常見句型　　　　　　　　　P39.mp3
		例句+例句中譯
		文型解說/註解
		⬒ 為同義詞，✻ 為該文型的其他形式

1

にしては【逆接】

就…而言；儘管／雖然…卻…／雖說是…／照理說…但…

N2 N／普（ナ_{である}／N_{である}）　＋　にしては

← 不一定會有「である」

この麺は冷凍麺にしては、こしがあって美味しい。
（めん　れいとうめん　　　　　　　　　　　おい）

這個麵雖說是冷凍麵條，還是有嚼勁又好吃。

前句提出一個現實中理所當然的情況（是冷凍麵條），後句表示照理說應該是這樣，但卻與前句相反或有所出入（卻又嚼勁又好吃）。含有疑問、諷刺、譴責、讚賞的語氣。

※是一種評價的表現，評論他人，少用於自身評價。

⬒ にふさわしくなく／わりには

2

わりに（は）【逆接】

與…不符

N3 普（ナ_な／である／N_の／である）　＋　わりに（は）

私の母は、不器用なわりに料理の腕だけは確かだ。
（わたし　はは　　ぶきよう　　　　りょうり　うで　　　たし）

我媽媽相當手拙，但料理卻是相當在行的。

前句提出一個條件（我媽媽手拙），從該事物考慮的話，應該達到某種程度（不在行料理），但事實卻都不符（不符合手拙這個事實，相當在行料理），不是好過前句的條件，就是糟於前句的條件。

※前後句是不相稱、不成比例的，多使用表示程度的詞句。

⬒ こととは不釣り合いに／のに／にしては
（　　　　　ふ　つ　あ　　　）

3

だけあって

不愧是…／也難怪…

N2 前句：多見「さすが」。

N／普（ナ_な／である／N_{である}）　＋　だけ あって

副助詞，表示與之名實相符 ↗

彼は腕利きの職人だけあって、実に繊細な手仕事をする。
（かれ　うでき　　しょくにん　　　　　じつ　せんさい　てしごと）

他不愧是有本領的職人，能從事纖細的手工藝。

表示名符其實。

前句：舉出其相稱的努力、地位、經歷、才能等（有本領的職人），感慨名不虛傳。

後句：說出與自己預料或期待中的一樣（能從事纖細的手工藝），給這個結果、特徵好的評價。表示一種佩服、理解的感受。

※一般用在**積極讚美**時。

※後句是全句重點，不能使用與未來或推測相關的詞語。

⬒ ので、それにふさわしく

✻ だけのことはある／だけのことがある

　較為隨便：だけある

---

4 ともなると

要是到了（程度）…就…

N1

程度詞語
$$\boxed{V_{る}／N} ＋ と \boxed{も} なると$$

← 職業、年齡、作用、事情、時間等名詞或動詞

← 表示某一範圍的程度內已高達那種程度

小学生ともなると、もう一人で電車にだって乗れる。
要是成為小學生，就可以一個人搭電車了。

前句表示程度或狀態已經高達那種地步（到了小學年齡了），依照常理的判斷，自然會發生後句說的下一個狀況、事態或結論（可以一個人搭電車）。
※是話者的主觀判斷。

≒ という程度の立場になると／ときたら／としたら／といえば

＊ ともなれば

---

5 ともあろう

身為／堂堂…竟然／卻…

N1

地位較高的職業、身分、團體等
$$\boxed{N} ＋ ともあろう ＋ \boxed{N}が ＋ 負面的事件、形容$$

← 多見「者、人、人物、機關」

後句：多見表示驚訝、批評的「とは、なんて」

警察官ともあろう者が、事件を見て見ぬ振りするなんてけしからん。
身為警察，竟對案件視而不見，真是不像話！

表示具有高評價的人物（警察）、機關等，卻做出與其地位、聲望、身分等不相稱的事情（警察照常理會重視案件，但卻做出與身份不相稱，視而不見案件的事情），超出話者常識中的判斷。表示吃驚、憤怒、不信、批評。

≒ のようなりっぱな～

---

6 たる

作為…

N1

高評價的事物、高地位的人、國家、社會組織等
$$\boxed{N} ＋ たる ＋ \boxed{N}$$

← 多見「者、人、人物、機關」

後句：多見表示義務的「べきだ、なければならない」

教師たる者は、生徒の可能性を誰よりも信じなければならない。
作為老師，必須比任何人都相信學生的可能性。

依照社會常識、認知來看處在那個高評價立場上的（老師），必須要有符合該立場的態度、身分、影響或做法（相信學生的可能性）。因為是按照社會常識、認知來看，所以後面多接表示義務的「べきだ、なければならない」。「たる」會給人莊嚴、慎重、誇張的印象。
※用法跟「として」相似，較生硬。
※「たる」是「であり」演變來的。

≒ の立場にある／～たる

7	**がい** 值得的／有意義 的／有回報的…	**N2** Vます ＋ がい ＋ （（の／が／も）ある） やりがいのある仕事ができて、日々充実しています。 能從事有意義的工作，每天都過得很充實。 表示做這一個行為（從事有意義的工作）是很有意義，很值得的，這樣努力辛苦的付出，會得到期望的結果跟回報（每天過得很充實）。 ※「Vます ＋ がい」會形成一個名詞。 📑 する価値がある
8	**に値する** 值得…	**N1** V普／N ＋ に値する └── 多接續「見る、読む、書く、賞賛、同情、検討、評価、考慮、傾聴、信頼、驚く」等慣用詞 数多くの本が出版されているが、称賛に値するものはほんの一握りだ。 有許多書籍被出版，但值得讚賞的就僅有少數而已。 前句提出一個必要的程度、數量、條件為基準（許多書被出版），此基準是能被滿足的，後句再按照這個基準去評價一個事物的價值（值得受到滿滿、很多的稱讚）。前後句的價值是一致的（註：本文型例文用的是逆接表現「～が～」，因此是不一致的，也就是出了這麼多書，本應要有很多稱讚，但相反地值得稱讚的不多）。

文法號碼	文型 ぶんけい 文型中文翻譯	文法常見句型　　　　　　　　　　　　　P40.mp3
		例句+例句中譯
		文型解說/註解
		⩧ 為同義詞，✳ 為該文型的其他形式

1	ように【同様】 如同／像…一樣	**N3**　普（ナな／である／Nの／である）　＋　ように 慣用：次の、上の、左記の　＋　ように
		例 れい にあるように、正 ただ しいと思 おも うものを選択 せんたく せよ。 如同範例所示，請選擇您認為正確的內容。
		前面敘述的事物（範例）或已知的事實和要說的事物是一致的（選擇正確內容），是作為後句要說明的「引言」。例如「次のように（如同之後）」，在書信中要表達的是目前所說的跟接下來的是一樣的意思。
		※大致與「とおり（に）」同義，但完全一致的程度較低。
		～とおり／～とだいたい同 おな じに
		✳ ようなN
2	とおり（に） ／ どおり（に） 如同／按照…	**N3**　多見「考える、思う、言う」等 Vる／た／Nの　＋　とおり（に） Vます／N　＋　どおり（に） N多表「計畫、預定、命令、指示」等
		あなたの言 い ったとおりになりました。 變成如同你所說的樣子了。
		按照前句（你說的）一樣做後句的行為（變成那樣了）。
		※大致與「ように」同義，但完全一致的程度較高。
		⩧ と同 おな じに

3	**に沿(そ)って** a.沿著 b.、c.順著／按 照…	**N2** N ＋ に沿って a. 国道(こくどう)に沿(そ)って、同(おな)じような家(いえ)が連綿(れんめん)と続(つづ)いている。 沿著國道，相似的房子連綿地接續著。 b. 改革案(かいかくあん)に沿(そ)ってこの国(くに)を抜本(ばっぽん)から変(か)えていきたい。 我想順著改革案，將國家徹底地改變這國家。 c. 先方(せんぽう)の意向(いこう)に沿(そ)うよう、手直(てなお)ししてください。 請按照對方的想法進行修改。 a. 沿著／順著…：表示順著漫長的一條線路，或道路（國道）、海岸線等，順著移動或行動。又或是指順著某流程走的意思。 b. 按照：表示手段（改革案），依據。大多接「期待、希望、方針、指示、順序、標準、內容、政策、計畫、使用說明」等。意思與「によって」和「に従って」相似，意思都為不違背一個基準、計畫、想法等，按著該項目做出符合、不違背的事情。 c. 按照：順應各種「要求、期待（對方的想法）、方針、計畫」而做後句（進行修改）。意思與「に即して」相似，但要注意「に即して」前項大多是「法律、基準、規則」，所以還是與「に沿って」稍顯不同。 ※可以是具體空間概念也可以是抽象概念。 ≒ に合(あ)うように／に従(したが)って ＊ に沿(そ)うN／に沿(そ)ったN／に沿(そ)い
4	**に基(もと)づいて** 基於／根據／按 照…	**N2** ↙多表示「原則、指示、事實、要求、意見」等 N ＋ に基づいて この麺(めん)は、先代(せんだい)の書(か)き残(のこ)したレシピに基(もと)づいて打(う)たれたものです。 這麵條，是按照祖先所留下的食譜製作的。 根據某思想、判斷(はんだん)為基礎（祖先的食譜）做某事（製作麵條），強調前句是後句敘述的依據、基礎，此句時常表達出微妙的情感，例如基於宗教、歷史等。 ※相當於「を基(もと)に（して）」 ≒ を基本(きほん)にして ＊ に基(もと)づくN／に基(もと)づいたN／に基(もと)づき （基＝～を～に）

5	を基に（して） もと 以…為素材／根據／參考／基礎…	**N3** N ＋ を基に（して） ＋ 多見「書く、話す、作る、創造する」 びようぎょうかい けいけん もと あたら かいはつ 美容業界での経験を基にして新しいサプリメントを開発した。 以在美容業界的經驗為基礎，開發了新的營養補充品。 將前句的基礎（在美容業界的經驗）、依據、基準、材料等啟示去做某事，然後產生了後句的情形（開發營養補充品），因此，後句是由前句的啟示而發生的。 ※相當於「に基づいて」，但較沒有「に基づいて」這般有情感、精神上的表現，這種感覺較淡薄。 ≒を素材にして／からヒントを得て そざい え ＊を基にしたN、を基にするN もと （基＝～を～に）
6	のもとで 在…下…	**N2** N ＋ のもとで ＋ 動作動詞（多是他動詞） ↙ 影響所涉及的範圍 かれ こうめい りょうりにん き そ まな 彼は高名な料理人のもとで、みっちり基礎を学んだ。 他在一位著名的廚師之下，充分地學習了做菜的基礎。 「もと」漢字寫作「下」或「許」。表示基準的範圍（以著名的廚師的教學為基準）。強調受到某人（著名廚師）事物範圍的影響，或受條件的制約下，發生了後句（學習做菜的基礎）。 ※相當於「のもとに」。 ≒を頼って／の下で／場所で たよ もと ばしょ
7	のもとに 在…（狀況）下…；以…（為條件）	**N2** N ＋ のもとに ＋ 動作動詞（他動詞、自動詞） ↙ 人為的事情影響範圍，如「條件、前提、名目」 げんばかんとくしゃ りょうかい しんちょう さぎょう おこな 現場監督者の了解のもとに、慎重に作業が行われた。 在取得現場管理者的了解之下，慎重地進行作業。 前提的表現。指在某人事物的影響範圍下，或某條、名義的制約下（管理者的了解之下）做某事（進行作業），後句是受到前句的支配、控制、指揮的。 ※相當於「のもとで」。 ≒の下に／場所に した ばしょ ＊もと＝下／許 もと もと

8	を中心とし て _{ちゅうしん} 以…為中心／重 點	**N3** N ＋ を中心として 私を中心として、円くなって座ってください。 _{わたし　ちゅうしん　　　　まる} 請以我為中心，繞一個圓圈坐下來。 基準表現。後句（坐下）是以前句的人（我）事物為中心、圍繞前句 而進行的行為、現象、狀態、範圍。 ※を中心に（して）、を中心にするN、を中心とするN、を中心にしたN、 　を中心としたN
9	に即して _{そく} 依照／根據／符 合…	**N1**　　多見事實、規範等詞，「事實、實況、命令、法律、標準、（行為的）規則」 　　↙ N ＋ に即して 教師は生徒の理解に即して、指導内容を検討する必要がある。 _{きょうし　せいと　りかい　そく　　　しどうないよう　けんとう　ひつよう} 老師需依照學生的理解情況，研究教學內容。 彼女の説明は事実に即していない。 _{かのじょ　せつめい　じじつ　そく} 她的說明並不符合事實。 按照前句客觀的事實、標準、規則、體驗作為基準（學生的理解 力），再來進行、處理後句（研究教學內容）。 ※「即す」字意上是「完全符合，不脫離」的意思。 ≒を基準にして／に従って／に沿って _{きじゅん　　　　　したが　　　　そ} ※に即したN／に即しては／に即しても _{そく}
10	を踏まえて _ふ 以…為前提／依 據	**N1** N ＋ を踏まえて 後句：多見「検討する、討論する、議論する、抗議する、話 　　　す、論じる」等詞語 これまでの経緯を踏まえて最適解を出してください。 _{けいい　　ふ　　さいてきかい　だ} 請依據事情至今的經過，提出最適合的答案。 前句提出前提、判斷的依據為基礎（事情至今的經過），將前句考慮 進去，然後做後句的修為，或發展出想法（提出最適合的答案）。 ≒を土台や前提にして _{どだい　ぜんてい}

文法號碼	文型 ぶんけい 文型中文翻譯	文法常見句型	P41.mp3
		例句+例句中譯	
		文型解說/註解	
		⊟ 為同義詞，⁂ 為該文型的其他形式	

N3

⟋表示各種各樣的種類或帶有可能性的名詞（例：合否、勝敗）

N ＋ によって

後句：多接續「いろいろある、違う」等表示沒有特定意義的詞句

1 によって【對應】

因／依…（的不同）而…（不同）

人によって、恋愛観は異なる。
ひと　　　　　れんあいかん　　こと

因人而異，對戀愛的看法也不同。

前句提出根據或種種情況（依據「不同」人），表示相對應地，後句也因此有所差異而各自不同，或有各種可能性（就有「不同」戀愛觀）。

⊟ それぞれの～に対応して
　　　　　　　　たいおう

⁂ により／によるN

N3

⟋表示各種各樣的種類或帶有可能性的名詞

N ＋ によっては

2 によっては

有的（人、情況、場合）；有些…

人によっては猫を見るだけで、蕁麻疹が出る人がいるらしい。
ひと　　　　　ねこ　み　　　　　　じんましん　で　ひと

有的人只是看到貓，就會長蕁麻疹的樣子。

指在其中某一種情況（有的人），也有可能會有此事發生（只看到貓就會長蕁麻疹）。是在各種種類中選出一個來敘述時使用。

⊟ ある～の場合は
　　　　　　ば あい

N2

⟋具決定性的要素。不同程度、種類的詞語

N ＋ 次第で

慣用：ことと次第によって（視情況）

3 次第で
し だい

全憑／要看…而定

今のあなたの決断次第で、あなたの人生は大きく変わります。
いま　　　　　けつだんしだい　　　　　　　じんせい　　おお　　か

看你現在的決定，將會大大地改變你的人生。

根據前句的情況變化（決定），而做了後句，或成立了後句的事情（人生大改變）。因此前句是後句成立的必要條件、依據（決定）。

※基本和「いかんで」相同，但比「いかんで」更加口語、日常。

⊟ によって決まる／で左右される／いかんで
　　　　　　　き　　　　　　　さゆう

⁂ 次第だ（於句末）
　し だい

4 **次第では**
しだい
根據…的情況；
有些…

N2

N ＋ 次第では
↑ 不同程度、種類的詞語

道路の混雑次第では、お昼休憩は30分短縮される可能性があります。
どうろ こんざつ しだい ひるきゅうけい ぶたんしゅく かのうせい
根據道路的擁擠狀況，午休時間可能會縮短30分鐘。

是「次第で」的用法之一。依照前句的某種情況下（道路擁擠狀況），也會有某事發生（午休可能縮短時間）。舉出一個可能性來說。

≒ ある〜の場合は／いかんでは
ばあい

5 **に応じて**
おう
根據／按照／因
應…

N2 不同程度、種類的詞語，例：「要求、勸誘、呼籲、希望、條件、提問、情況的變化」

N ＋ に応じて ＋ 多意志詞（他動詞居多）

年齢に応じて必要な栄養素は異なります。
ねんれい おう ひつよう えいようそ こと
因應年齡的需求，所需的營養入也會不同。

依據前句發生的變化（年齡的遞增），與之相對應，後句也跟著做出適當且相對應的變化（必要的營養也相對應不同）。另外也常用以表示「不辜負期待」、「助勢」、「報答恩情」，例如：近年では女性の期待に応じて、家事に協力的な男性が大分増えた。（近年因應女性期待，會幫忙做家事的男性增加了不少。）

≒ に対応して／に基づいて
たいおう もと

※ に応じたN（修飾N）／に応じ（書面語）／に応じても（表追加）
おう おう おう

6 **たび（に）**
每次／每當…
就…

N3 Vる／Nの ＋ たびに ＋ （如果是動詞，必須是原形）

慣用：このたび（這次）→較鄭重的講法

彼女は、会うたびに綺麗になっていく。
かのじょ あ きれい
她每次見面都變得更加漂亮。

一件事如果發生，當時總會有相同的另一件事發生。強調這種狀態或動作 一次都反覆出現。又或是每當前句的動作進行（見面），後句的事態也會隨之朝某方向一直變化下去（變得更加漂亮）。
※常用在話者在喚起以前記憶時。

≒ のときはいつも

7	につけ（て） 每當…（就）…	**N2** 　常用「聞く、見る、考える、何か、何事、思う」 或「何か、何事」 Vる ＋ につけ（て） 後句：多表話者心情（感覺、情緒、思考）詞句：例「思い出、後悔」，但不可用表意志的詞句。 何かにつけて、楽しかった子供時代を思い出します。 我動不動就會想起快樂的童年時光。 每當看到或想到某件事，就會聯想起什麼或結論。後句常表現出自然產生情感的動作。 ≒ に関連していつも ＊ につき／について
8	をきっかけに （して） 以…為契機／開端	**N3** N／Vるの／Vた ＋ をきっかけに（して） 後句：某行為。並不一定要是意義正面的行為。 子供が生まれたのをきっかけに、煙草をやめた。 以孩子出生為契機，戒了菸。 表示某個新行動（戒菸）、新想法的產生原因、機會、動機（孩子出生），作為一個開端。 ※常用於個人行為，以此為機會、動機來表示新開端。 ※「を皮切りに」表示將某事物做為同類事物發生或發展的開端，不是表示新的開始。如果要表示新的開始，則要用「をきっかけに」。 ※有偶然的意涵。 ≒ が行動の発端や動機になって ＊ をきっかけとして／がきっかけで（自動詞）／がきっかけになって（自動詞）
9	を契機に（して） 以…為契機／動機；自從…；趁…（機會）	**N2** 　表示事件或行為的名詞 N／Vるの／Vたの ＋ を契機に（して） 後句：多見意義正面的行為，例「入学、就職」等。 退職を契機にして、フリーランスでやっていくことに決めた。 自從退休後，就趁此機會決定要做自由業者。 前句是一個重大的轉折點，例如社會事件、人生事件（退休）。以前句這個原因、動機、轉折點（退休），覺得這是一個好機會，要以此為開端，進行一個新行動（做自由業者）。 ※常用於報紙上，多列舉大事件表示新的開端。 ※與「をきっかけに（して）」相似，但「を契機に（して）」前接的特徵要是「事件」或「行為」 ※是「をきっかけに（して）」的書面用語。 ≒ をちょうどいい機会だと考えて ＊ を契機として／が契機になって（自動詞）／が契機で（自動詞）

10	**いかんで（は）** 取決於／根據…；要看…如何	**N1** N (の) ＋ いかん で (は) ＋ 表程度、種類差異的詞語 ← 格助詞 せいこう かれ どりょく **成功するかどうかは、彼の努力のいかんだ。** 是否會成功，就要取決於他的努力了。 表示會根據內容和情況（他的努力），來決定具體的對策、決定或某事是否能成立（是否成功）。 ※「いかん」就是「如何」的意思。 ※與「次第で」相同，只是較生硬、鄭重。 昌 に対応して／次第で／次第だ ※ いかんによって（は）／（句尾）いかんだ
11	**いかんでは** 根據…的情況	**N1** N (の) ＋ いかんでは ＋ 表程度、種類差異詞語 こんき えいぎょうせいせき こがいしゃ い **今期の営業成績いかんでは、子会社へ行ってもらうかもしれないよ。** 根據這期的業績，可能會讓你去子公司工作喔。 在此之內（業績部分）的某個情況下，也可能會發生其中一種個別情況（去子公司工作），後句的內容在前句的個別情況下可以成立，強調會有一種特別的情況發生。 ※用法與「次第では」相同，只是較生硬、鄭重。 昌 ある～の場合は／次第では ※ いかんによっては

文法號碼 文法	文型 ぶんけい 文型中文翻譯	文法常見句型 P42.mp3 例句+例句中譯 文型解說/註解 ██ 為同義詞，✳ 為該文型的其他形式

1

を問わず
<ruby>問<rt>と</rt></ruby>

不問／不管／不分／無論…

N2 Vると ＋ Vないと＋ を問わず
N ＋ を問わず

↖ 多是對立詞，如「晝夜、降る降らない、男女、有無」等或諸如「年齡、職歷、性別、曜日」等辭彙

わが社は、男女を問わず誰でも働きやすい会社であることがウリだ。
我們公司的賣點，就是不分性別都可自在地工作。

不管前句有無問題（性別男女），不管任何一方（不管男還是女），都跟前句的詞沒有關係，後句的事情照樣行動，照樣成立（都可自在工作）。

██ に<ruby>関係<rt>かんけい</rt></ruby>なく／にかかわらず／に（は）かかわりなく

✳ は<ruby>問<rt>と</rt></ruby>わず

2

にかかわらず

儘管…也…；無論／不管…都…

N2 N／イい／イいくない／Vる／Vない ＋ にかかわらず

↖ 多是對立詞，如「晝夜、降る降らない、男女、有無」等或諸如「年齡、職歷、性別、曜日、世代」或意義相反的二字熟語或同一用言的肯定與否定

慣用：「経験のあるなし（不論有沒有經驗）」、「結果の良し悪し（不論結果好壞）」→主語後用「の」，其他時候用「が」

このラーメン屋は、<ruby>曜日<rt>ようび</rt></ruby>にかかわらず、いつ<ruby>行<rt>い</rt></ruby>っても<ruby>込<rt>こ</rt></ruby>んでいる。
無論一周中的哪一天，這間拉麵店總是擠滿客人。

前句（星期）不會是後句成立（擠滿客人）的阻礙，無關前句這些對立事物，後句的事情照樣成立。
※跟「いかんにかかわらず」不同的是，前面所接的大多是對立詞語。

██ に<ruby>関係<rt>かんけい</rt></ruby>なく／にもかかわらず

✳ に（は）かかわりなく

3	**もかまわず** 不理／不顧…	**N2** N ＋ もかまわず 普（ナ <ruby>な<rt></rt></ruby>／である／N <ruby>な<rt></rt></ruby>／である） ＋ の ＋ もかまわず 慣用：人目もかまわず（不顧他人目光） <ruby>遅刻<rt>ちこく</rt></ruby>しそうだったので、<ruby>髪<rt>かみ</rt></ruby>が<ruby>乱<rt>みだ</rt></ruby>れるのもかまわず、<ruby>全力<rt>ぜんりょく</rt></ruby>で<ruby>走<rt>はし</rt></ruby>った。 因為快要遲到，不顧把頭髮弄亂，全力地跑。 表示對一般會注意的事情（頭髮的整齊）不介意、不放在心上，也不理旁人的感受。不顧前句的事情狀況（頭髮亂），將後句事情優先對待（為了不遲到而全力跑起來這件事）。 ≒ も<ruby>気<rt>き</rt></ruby>にしないで／もかまわない ※ も＝助詞／原形：かまう

4	**はともかく（として）** 姑且不論／先不管／暫且不談…	**N2** N ＋ はともかく（として） <ruby>味<rt>あじ</rt></ruby>はともかく、<ruby>娘<rt>むすめ</rt></ruby>が<ruby>自分<rt>じぶん</rt></ruby>のために<ruby>作<rt>つく</rt></ruby>ってくれただけで<ruby>嬉<rt>うれ</rt></ruby>しい。 不管味道如何，光是是女兒為自己做的就令人開心。 提出兩個比較的事項，前句的事項（味道）雖然也需要考慮，但暫且不議論前句的，因為後句更重要（女兒為自己做的），優先談後句的再說。 ≒ は<ruby>今<rt>いま</rt></ruby>は<ruby>問題<rt>もんだい</rt></ruby>にしないで ※ はとにかく（として）

5	**はさておき** 姑且不論／先不論／暫且不談…	**N2** N ＋ はさておき <ruby>冗談<rt>じょうだん</rt></ruby>はさておき、<ruby>命<rt>いのち</rt></ruby>に<ruby>関<rt>かか</rt></ruby>わるような<ruby>病気<rt>びょうき</rt></ruby>でなくて<ruby>安心<rt>あんしん</rt></ruby>した。 先不說笑了，知道不是危及生命的疾病，我就安心了。 表示先不考慮N的範圍之內的問題（說笑），首先先談論後句的事項（知道不危及生命）。 ≒ は<ruby>今<rt>いま</rt></ruby>は<ruby>考<rt>かんが</rt></ruby>えの<ruby>外<rt>そと</rt></ruby>に<ruby>置<rt>お</rt></ruby>いて ※ はさておいて／さて＝那麼…就／置き＝擱著

6	**は<ruby>別<rt>べつ</rt></ruby>として** 姑且不論…	**N3** N／疑問詞か／かどうか ＋ は別として _{└ 也有使用對立詞的時候} <ruby>買<rt>か</rt></ruby>うかどうかは<ruby>別<rt>べつ</rt></ruby>として、まずはちゃんと<ruby>手<rt>て</rt></ruby>にとって<ruby>確<rt>たし</rt></ruby>かめたい。 姑且不論是否要買，我要先拿在手裡確認看看。 關於前句事項（是否要買）以後再考慮，現在優先考慮後句事項（先拿在手裡確認看看）。 ≒ を<ruby>除外<rt>じょがい</rt></ruby>して<ruby>考<rt>かんが</rt></ruby>えて ※ は<ruby>別<rt>べつ</rt></ruby>にして

7	**は別として** …另當別論	**N3** N／疑問詞か／かどうか　＋　は別として 聖人君子は別として、誰しも心の中に嫉妬心を抱いている。 聖人君子就另當別論，不論是誰都會懷有嫉妒心。 如果把前句事項（聖人君子）例外排除掉再考慮的話，可以說是後句的狀況（誰都會有嫉妒心）。 ※ は別にして
8	**いかんにかかわらず** 無論（原因狀況）都…	**N1** N(の)　＋　いかんにかかわらず　＋　多接續「規定、決心、觀點」 └ 事情、理由、苦衷 調査の結果いかんにかかわらず、必ずご連絡差し上げます。 無論調查結果如何，我們都一定會跟您聯繫。 いかん＝如何，にかかわらず＝無關。不管前句的理由、苦衷為何（調查結果），後句的決心、觀點等都不會受到影響、限制（都會聯繫，不會因結果而影響聯繫您的行動）。 ※基本上與「いかんによらず」相同。 ≒ がどうであっても、それに関係なく ※ いかんによらず
9	**いかんによらず** 無論（原因狀況）都…	**N1** 前句：多接續「何、どこ」 Nの　＋　いかんによらず　＋　多接續「規定、決心、觀點」 └ 事情、理由、苦衷 理由のいかんによらず、必要出席数に満たない者は、落第とする。 無論原因為何，未達必須出席天數，就不合格。 不管前句的理由、苦衷為何（理由），後句的決心、觀點等都不會受到影響、限制（不會因理由而影響「未達出席天數就不合格」這件事）。 ※いかん＝如何，によらず＝不管。基本上與「いかんにかかわらず」相同。 ≒ がどうであっても、それに関係なく ※ いかんにかかわらず／いかんを問わず／によらず／にかかわらず／を問わず
10	**をものともせず(に)** 不理／不顧／無視／不畏…；不當…一回事；不把…放在眼裡	**N1** N　＋　をものともせず(に) 後句：多表示改變現況、解決問題的正向積極句子，有讚嘆感 被災地は、風評被害をものともせずに、地道に営業を続けた。 受災地不畏不實流言造成的損害，持續踏實地運營。 不畏困難、傷痛（不實流言），正積極勇敢地向朝著某個方向前進、解決問題之意（腳踏實地繼續運營）。 ※不表示話者的自身行為。 ≒ に負けないで ※ せず＝しない

11	**をよそに** 不理／不顧／無視…	**N1**　**前句**：多情感詞句。評論負面内容「心配、不満、期待、不安、非難」。 　　N　＋　をよそに **後句**：a. 無視前面狀況所得到的結果或是行為，是消極的句子。 　　　　b. 接續話者認為不應該做的事，帶有責備語氣的句子。 親の心配をよそに、彼は海外を放浪中だ。 無視雙親的擔心，他在國外流浪中。 把本來與自己有關事情（父母對小孩的擔心）當成與自己無關的事物，不理睬前句狀況，進行後句行為（在國外流浪）。 ※不用來說明話者自身的行為。 ≒を自分とは関係ないものとして／を無視にして／をひとごとのように ⊛よそ＝別處

12	**いざしらず** 姑且不論／說… ／關於…不得而知；關於…情有可原	**N1**　　↙極端的例子或特殊情況 　Ｎ　＋　は／なら／だったら　＋　いざしらず 　普　＋　の　＋　なら　＋　いざしらず 　　↖極端的例子或特殊情況 **後句**：事態更嚴重、令人驚訝的事例 **慣用**：昔はいざしらず（今非昔比） 子供ならいざしらず、大人ならばやって良いことと悪いことの分別を付けるべきだ。 小孩就算了，身為大人就該要能夠區分什麼是好是壞。 前後句提出相對、對比的例子（小孩與大人），表示若是前句的狀況的話還可以容許（小孩的話還能容許），來強調後句的狀況的嚴重性（大人不懂分辨好壞就很嚴重）。所以後句的狀況必定會比前句來得更嚴重或更具**特殊性質**。 ※前後句的名詞要有對比性，例：「昔－今、幼稚園の子供－大学生、暇なとき－忙しいとき」等 ≒以外に～ない／～をおいて～ほかは～ない

文法號碼	ぶんけい 文型 文型中文翻譯	文法常見句型　　　　　　　　　　P43.mp3
		例句+例句中譯
		文型解說/註解
		≒ 為同義詞，※ 為該文型的其他形式

1

とか～とか

…啦…啦；…之類…之類

N3　N／Vる／普　+　とか　+　N／Vる／普　+　とか
　　　　　　　↖ 同一種類的人事物 ↗

寿司ネタなら中トロとかサーモンとかの脂が乗っているネタが好きです。

壽司料的話我最喜歡像鮪魚啦、鮭魚啦這種富含油脂的食材。

將同類的人事物（壽司的料），舉出幾個具體的例子當代表（鮪魚、鮭魚）。

≒ や～など

※ とか～とかの／とか～と（か）いった／とか～とかして

2

やら～やら

…啦…啦；又…又…；或…或…；等等

N2　Vる／イい／N／格助詞　+　やら　+　Vる／イい／N／格助詞　+　やら

後句：多接續表示「真受不了、心情不快」等含意的句子，但偶而也會有正向句子。

猫やら、犬やら、いろいろな動物を飼っています。

我有養貓啦、狗啦等各種動物。

雖然還有很多，但先舉出兩個同類項目的兩項做說明（貓和狗兩個）。表示又有那樣，又有這樣，一種理不清、煩亂、受不了、麻煩、複雜的情緒。

≒ や～など

3

にしても～にしても

不管／還是…；也好…也好…

N3　Vる／N　+　にしても　+　Vる／N　+　にしても

後句：話者的提出意見、疑問時的責難、判斷、評價等心情

賛成するにしても反対するにしても、納得のいく理由を教えてください。

不管是贊成或反對，請給一個能信服的理由。

舉出兩個同類或對立（贊成、反對）的句子，然後提出意見（請給理由）或疑問等。表示無論在哪種情況下，後項的內容都不變、都適用。

※同類：「就職VS進學」等

　對立：「男VS女」，「来るVS来ない」等

≒ でも～でも

※ 書き言葉：にしろ～にしろ／にせよ～にせよ

4	**というか～と いうか** 該說是…還是…	**N2** N／普 ＋ というか ＋ N／普 ＋ というか 彼の髪の色は金色というか、黄色というか、どっちつかずの色だった。 他的髮色該說是金色，還是黃色呢？就是種很曖昧的顏色。 就於話題中的人事物（他的髮色），列舉一些隨時想到的印象、感想和判斷等（金色、黃色），**避免只提出一種說法**，而是變換各種說法來說明它。後句多為敘述總結性的判斷（總之就是很曖昧的顏色）。 🟰 と言ったらいいのか～と言ったらいいのか ❊ （口語）～っていうか～っていうか
5	**といった** 像…等那樣／那類	**N2** N ＋ といった ＋ N 彼女は数の子やいくらといった魚卵が大好きだ。 她很喜歡像是鯡魚卵或鮭魚卵等這類的魚卵。 列舉出兩個以上同類、相似事物（鯡魚卵、鮭魚卵）作為後句的具體例子，而後句接表示總括前面例子的名詞（魚卵）。 ※此文型舉出的例子不只是字面上的那些，還有更多。 🟰 のような／とか～とか ❊ とか～と（か）いった
6	**といって～ない** 沒有（特別）的…	**N1** これ／なに／どこ／疑問詞 ＋ といって～ない 私にはこれといった特技がありません。 我沒有特別的技能。 表示沒有東西值得一提的意思。 🟰 特に～ない ❊ といっては～ない／といっても～ ない／といったN～ない （強調）
7	**なり～なり** 也好…也好…； 或者…或者…	**N1** Vる／N ＋ なり ＋ Vる／N ＋ なり 後句：多見帶有強迫感的命令、建議、勸誘語氣等句子。 慣用：大なり小なり（或多或少） 脅しにはのらないぞ。切るなり焼くなり、好きにしろ！ 才不怕你的威脅，刀切也好火燒也好，都隨您便！ 列舉出**兩個同類**（刀切、火燒）或相反的例子，然後選其一，同時也在暗示其實還有比這些列出來的事項更好的選擇。 ※不用在過去的事上。 ※語氣較隨便，有「なんでもいいけど」的感覺，所以不可對上級使用。 🟰 でもいい～でもいい／何でもいいけど

8

**であれ～であ
れ**

…也好…也好；
不管／即使…
也…

N1 N + であれ + N + であれ

↑
大多會是意義相反的一對詞（同詞義的佔少數）

男であれ、女であれ、有能ならばそれでよい。
不管是男或是女，只要有能力就行。

先舉出幾個例子（男、女），表示不管前句的例子如何（不管性
別），後句都不受影響（不受性別影響）皆能成立，全都適用的意思
（有能力就好）。

≒ でも～でも／であろうと～であろうと／にしろ～にしろ／にせよ～にせ
よ

9

**と言い～と
言い**

論…也好…也
罷；不管／即
使…也…

N1 N + と言い + N + と言い

後句：多接續帶有「吃驚、欽佩、灰心」等語感的句子

肌触りと言い、色艶と言い、これは上質な織物だ。
摸起來的感覺也好、色彩光澤也好，這是上等的布料。

舉出兩個例子，這兩個例子（觸感、色彩）是具代表性、有強調態度
的例子，話者並以此用多角度去評價這兩個例子，不過，此句型也內
含不只是這兩個例子，還有其他也如此的意思。
※正面（含積極）、負面評價都可以使用。
※跟「～と言わず～と言わず」不同的是，焦點聚集在舉出的兩個例
子上。

≒ も～も、どちらも

10

**と言わず～と
言わず**

無論是…還
是…；…也好…
也好…

N1 N + と言わず + N + と言わず

↑
相反詞例：上下或早晚
相關詞例：綠茶→紅茶

昼と言わず夜と言わず、1日中動いていた。
無論是早上還是晚上，工作了一整天。

舉兩個代表性的相關或相對（早上、晚上）的詞例，以此類推其他也
不例外。特別強調不管何時、何處、何人都沒關係時使用，強調「全
部都如此」。後句大多是客觀的事實。
※跟「～といい～といい」不同的是，焦點聚集在「全體」。

≒ も～も区別なくすべて

文法號碼	文型 ぶんけい 文型中文翻譯	文法常見句型　　　　　　　　　　　　P44.mp3
		例句+例句中譯
		文型解說/註解
		≒為同義詞，✳為該文型的其他形式

1

くらい【輕視】

（如）…這麼一點點

N3 N ＋ くらい
普（ナ_な） ＋ くらい

後句：多接續「大したことではない（沒什麼關係）」、「容易である（很容易）」、「問題はない（沒問題）」等

それくらいなら、手伝_{てつだ}えるよ。
如果只有這麼一點的話，我來幫忙吧。

某事物不這麼重要、沒什麼關係的語感。指事情很簡單、沒什麼意思。

≒ のような軽_{かる}いことや簡単_{かんたん}なこと

2

こそ

正是…

N3 N（ ＋ 助） ＋ こそ

慣用：こちらこそ（我才需要您的照顧、彼此彼此）

こちらこそよろしくお願_{ねが}いします。
彼此彼此，請多多關照。

強調某一事物與其他事物有所區別，表示自己專指的這個、就是這個（こちら＝我這方），不是別的之意。
※不使用在負面、或表達抱歉的句子裡。
※是提示助詞「は」的強調形式。

は

3

てこそ

a. 正因為…才…
b. 只有…才（能）

N2 Vて ＋ こそ ＋ 正面評價、表示可能的詞語

a. 日々_{ひび}の地道_{じみち}な練習_{れんしゅう}あってこそ、今日_{きょう}の成果_{せいか}が得_えられた。
正因為有每天踏實地練習，才能獲取今日的成果。

b. 自分_{じぶん}の責任_{せきにん}を認_{みと}められてこそ、一端_{いっぱし}の社会人_{しゃかいじん}だ。
只有能認知自己的責任，才能被稱為社會人士。

a. 由於實現了前句（每天踏實練習），才得到後項的好結果（取得今日的成果），強調就是因為前句的事情，才能達成後句的事情或明白了某事。

b. 強調前句與後句的關係是「有做就會明白，不做就不會明白」的意思，表示直到做了之後（認知自己的責任）才懂（懂了怎樣算是社會人士）。

※「こそ」是提示「て」的強調形式。

≒ が実現_{じつげん}することによって

✳ ばこそ

4	**さえ** 甚至連／就連…	**N3** N（＋助詞） ＋ さえ ＋ 多接否定句 主格性質的N ＋ でさえ ＋ 多接否定句 仏の田中と言われる彼でさえ、苦言を呈したほどです。 就連被稱作活佛的田中都提出怨言。 夫婦喧嘩は犬さえ食わない。 夫妻吵架，連狗都不屑。（日本諺語） 舉出一個極端的例子（被稱為活佛的田中），表示這個極端的例子都不行了（他都受不了，提出怨言），更別說其他程度的事情。含有吃驚的語感。舉一極端例子，以此類推，別的事物就更不用提了。 ※跟「すら」用法相同，但「すら」較書面。 ≒ も ✻ でさえ／とさえ
5	**として～ない** 沒有一…	**N2** （疑問詞） ＋ 1 ＋ 助数詞 ＋ として～ない └─ 有疑問詞相伴時，「として」可以省略掉。 慣用：何一つとしてない（什麼都沒有） 一つとして基準ラインに達する製品はない。 沒有一個產品是達到標準的。 舉出最低單位（通常是1）的例子，以加強全部否定的語氣（否定全部的產品），表示全部無一例外（全都沒達到標準）。 ≒ まったくない／も～ない／全然～ない ✻ として＝も
6	**など～ものか** 哪能／怎麼會…	**N2** V／N／N+助詞 ＋ など ＋ Vる ＋ ものか └─ 對此有感到無聊、輕視感 裏切り者など、助けるものか。 哪會去幫助叛徒。 表示不值得一提。 ※以「など」提示前項事物。 ✻ なんか ～ものか └─「など」的口語形式，是「なにか」的通俗說法〈什麼的／之類的／總覺得〉

7	など〜ない 不做…等事	**N3** 〔V／N／N+助詞〕　＋　など　＋　〜ない（否定） └ 此文法用來對此表厭惡、輕視、意外、謙遜等情緒 こいつの論文(ろんぶん)など、読(よ)む価値(かち)もない。 這傢伙的論文，不值一讀。 表示全盤否定（否定這傢伙的論文），不做口中提出的那類例子（讀他的論文）。 ※以「など」提示前項事物。 ※說明自己的事情時表謙遜。 🔁 のようなものは／なんか〜ない ✳ なんて〜ない
8	なんか〜ない 連…都不…	**N3** 〔V／N／N+助詞〕　＋　なんか　＋　〜ない（否定） └ 對此表厭惡、輕視、意外、謙遜等情緒 **慣用**（不加「〜ない」）：お前(まえ)なんか嫌(きら)いだ。（我討厭你。）、 　　　　　　　　　あんなやつなんか死(し)んでしまえ。 　　　　　　　　　（那種人死了算了） あいつなんか、声(こえ)も聞(き)きたくない。 連那傢伙的聲音都不想要聽。 對所舉出的例子表示否定。 ※有輕蔑的語氣。但說明自己的事情時表謙遜。 ※有時用於反語。 ※有時表示情緒衝動。 🔁 のようなものは／など〜ない ✳ なんて〜ない
9	までして 甚至到／不惜… （地步）	**N2** 〔N／動名〕　＋　までして　＋　話者的意志、主張、判斷、評價 └ 極端的方法、手段 欠勤(けっきん)までして、行(い)きたかったライブだ。 是不惜曠職也想去的演場會。 為了達到某個目的（去演唱會），而採取了極端的行動（曠職），甚至付出了相當的犧牲。 ※表話者的批評。有「為某事那樣做是不好的」或「要是自己是不願意這麼做的」語氣。多用於負面的意思上。 🔁 さえして／〜もして

10 てまで
甚至到／不惜…
（地步）；即
使…也要…

N2 $\boxed{V_て}$ ＋ まで ＋ 話者的意志、主張、判斷、評價
　　　　└─ 極端的方法、手段

卑怯な手を使ってまで、勝ちたいとは思わない。
沒想要勝利到不惜使出卑鄙手段的地步。

為了達到某個目的（勝利），而採取了極端的行動（使出卑鄙手
段）。甚至付出了相當的犧牲。
※表話者的批評。有「為某事那樣做是不好的」或「要是自己的話是
不願意這麼做的」的語氣。多用於負面的意思上。

≒ のような程度まで

---

11 てでも
就算…也要…

N2 $V_て$ ＋ でも
後句：想做的事、希望達成的事（堅強的意志、強烈願望的語感）

故郷を捨ててでも、彼について行きたい。
就算捨棄故郷，也要追隨他一起走。

表示話者為了達成某事、願望（追隨他），採取極端、強硬的手段
（捨棄故郷）也在所不惜的堅決態度、決心。

≒ のような手段をとってでも

---

12 までだ₁
a. 大不了…就是
了
b. 只好…了

N1 $\boxed{V_普}$ ＋ までだ
　　　　└─ 不用過去式

a. 大学が無意味だと感じるなら、辞めて社会に出るまでだ。
覺得大學沒意義的話，大不了就退學出社會工作吧。

b. 彼ができないなら、私がするまでだ。
若他不行的話，只好就由我來做吧。

a. 表示即使出現某種消極的情況（覺得大學沒意義）或行不通的情況
也不必灰心，再採取後句這種別的方法（退學出社會工作）。帶有
這是**最後手段**的意思。後句多為話者的心理準備或決心。
b. 由於沒有其他更合適的選擇（他做不到，也沒人能做），作為**最後
手段**只好做後項（我來做）。

≒ ただ～だけなのだ

＊ （た）までのことだ（較強調）

13	**までだ₂** 只是…而已…	**N1** V普 + までだ ↳ 用過去式 **後句**：表動作、行為的理由，通常是未深思熟慮的的行為。 聞かれたので、率直に感想を述べたまでだ。 只是因為被問了，所以坦率地說出自己感想而已。 表示做前面的動作（坦率說出感想），而想為自己辯解（因為被問）。強調那種情況發生的那點理由、原因，沒特別意圖之意。 ≒ しただけなのだ ＊（た）までのことだ（較強調）
14	**たりとも～な い** 即使／哪怕／就 是…也不…	**N1** **前句**：常見「たとえ」與後句呼應 1 + 助数詞 + たりとも～ない 可換成禁止形「な」，表示呼籲或告誡 ↗ **慣用**：何人たりとも…（不管誰都…） 親が苦労して稼いでくれたお金を、一円たりとも無駄にはしない。 雙親辛苦工作賺來的錢，就是一塊錢也不能浪費。 強調全盤否定。即使是最低限度（數量少、程度輕等）的事物（一塊錢），也無法達成或不被允許（不允許浪費），不會有絲毫例外。 ※有時用在演講、會議，或書面上等。 ≒ も～ない／すら～ない／であっても～ない／決して～ない ＊だけでも（口語）／たとえども～ない
15	**すら【強調】** （甚至）連…也 ／都…	**N1** N + すら 主格性質的N + ですら ↳ 強調內容、提示主語 受験を一ヶ月後に控え、寝る暇すら惜しんで、勉強に励んでいる。 一個月之後考試，我連覺也捨不得睡，用功念書。 舉出一個極端的例子（睡覺），表示連他（它）都這樣（捨不得睡），而且這個尚且如此，別的就更不用提了（例如那更別提吃飯、洗澡）。所以帶有消極感。 ※「すら」比「も」更有強調的語氣。 ※帶有輕蔑的語氣，所以只能用在負面的評價。 ※跟「さえ」用法相同，但較書面。 ≒ も／でも ＊ですら

16	**だに** a. 連…都不／也 不… b. 只要…就….; 光一…就	**N1** 前句：常見「せめて」與後句呼應 Vる／N／動名 ＋ だに（ ＋ 否定或表示消極感情詞語： ↖多心態動詞「考える、想像す 怖い、つらい） る、思う、聞く、思い出す」等 慣用：夢にも思わない＝夢だに思わない（連做夢也想不到） 想像さえしない＝想像だにしない（連想像也想像不到） 考えるだけでも＝考えるだに（只要一想到） 一顧だにしない（不屑一顧）、一瞥だにしない（看都不 看一眼） a. 彼はとても頑固なので、どんなに言っても、納得しなければ微動だに しないよ。 他相當地頑固，不論說什麼，只要不接受就不會行動。 b. 想像するだに恐ろしい話を聞いた。 聽了光想像就很恐怖的故事。 a. 強調極限。舉出一個極端的例子（絲毫的行動），表示連前句這般 的都不…（都不做）。 b. 強調程度。舉出一個極端的例子（想像），表示光一做這個感情詞 語，就會出現後面的狀態（就覺得很恐怖）。 a.≒ ～も～ない b.≒ （せめて）～だけでも～ない
17	**やら** 是…嗎?	**N1** 前句：多接續「なに、どこ、いつ、どう」等疑問詞 普（ナなの／Nなの） ＋ やら 後句：さっぱり分からない（完全不懂）、見当もつかない（一 點頭緒也沒有） 問題が山積で、これからどうなることやら、先が思いやられる。 問題堆積如山，今後將會如何？未來令人擔憂。 表示不能清楚的指出那些是什麼（不能清楚指出將來變化）。 ※常與疑問詞搭配使用，或是成對的詞，例如：～やら～わからない ≒ か

18	からある ／ からの ／ からする 多達／超過／以上…之多	「重量、程度、大小、數量、長度」等數量詞，需提乎常理的數字，且要是尾數是零的整數

数量　＋　からある／からの
値段　＋　からする

↖需提乎常理的數字，需尾數零的整數

a. ５０トンからあるコンテナを持ち上げた。
舉起了50噸以上的貨箱。

b. 最新の調査によると今年の自然災害は２００名からの被災者を出した。
根據最新調查指出，今年的自然災害有多達200名以上的受災者。

c. 一口に靴と言ってもピンキリだが、質の良いオーダーメイドなら１０万円からするだろう。
鞋子有好也有壞，品質優良的訂製鞋金額超過10萬日圓以上吧。

強調數量之多（50噸／200名），表示數量的底限（至少要10萬日圓之多）。有目測是這麼多，但說不定還更多之意。

≒ か、それ以上もある～

19	というもの （某段時間之內）一直～	加深感嘆語氣

表示期間、時間的詞語　＋　というもの　(は)

後句：表示時間上有延續性的句子

彼は社長になってからというもの、毎日誰よりも早く出社している。
他自從成為社長以來，每天都是最早到公司的。

帶感情講述時間之長（當社長這長年來）。

≒ という長い間

20	にして ① 【程度強調】 只有…才…；就連…也…；僅僅…；在…（階段）才…	N　＋　にして

a. ローマは一日にしてならず。
羅馬不是一天造成的。

b. 齢７０にして大学生になる。
高齡70歲才成為大學生。

a. 表示僅僅用了如此短時間（一天）就發生了後句的事情（造成羅馬），前句常接表示短暫時間的「一瞬、一日」。

b. 前句接時間、次數、年齡（70歲）等，表示到了某極端的程度、階段、年齡，才終於發生了某事（成為大學生）。後句多接「はじめて、ようやく」。

※如果接在年少年齡後，表示小時就做了了不起的事。

≒ で

160

21	**（が）あって の** 正因為有…才 有…；沒有…就 不能…	**N1** N₁ ＋ あっての ＋ N₂ （N₂可將實體名詞改為もの／こと） この勝利は、ファンやチームあってのものです。 這個勝利，正因為有粉絲和團隊，才能獲得。 只有N1存在（粉絲和團隊），N2才能成立（勝利）。N2的存在，是因有N1這個重要的條件。 ※有雙重否定的意思。 ⊟ があるから成り立つ／がなければ成り立たない
22	**極まる** きわ 極其…	**N1** N（が）／ナ語幹 ＋ 極まる 慣用：感極まって泣き出した（喜極而泣） こんな失礼な書き込みは愚劣極まりない。 這種失禮的留言，極其愚蠢下流。 表示某事物（留言）程度高到極致，已經是極限（到愚蠢下流的程度），沒有再比這個高了的。 ※帶有話者主觀的感情色彩，有評論的語氣。口吻鄭重。 ※句意可消極也可積極。 ⊟ この上なく～だ／非常に～だ ※ 極まりない きわ
23	**の極み** きわ 極其…；…至極	**N1** N̄の ＋ 極み（だ） 多為事、物（如果是情緒相關詞彙，表示情感激動，名詞則表示程度極致） 慣用：感激、痛恨 ＋ の極み 壮大な自然に囲まれ、温泉に浸かり美酒に酔いしれるなんて、贅沢の極みだ。 被壯麗的大自然圍繞，泡著溫泉、沉醉在美酒中，真是極其奢侈啊。 表示某事物程度之高，強調已經達到頂點，超越一般程度了（高到奢侈）。 ※表示話者激動時的那種心情。帶有主觀評論的語氣。 ※句意可消極也可積極。 ⊟ 最高の～／～の最高だ さいこう
24	**の至り** いた …之至；非常／ 倍感…	**N1** N ＋ の至り（だ） 慣用：光栄（光榮）、感激（感動）、汗顔（丟臉） ＋ の至り このような賞を賜り、光栄の至りでございます。 能夠收到這樣獎賞，我倍感光榮。 表示程度之高，到達極限（到達光榮程度），有一種強烈的情感包含著。 ※話者在激動時或有一種強烈情感要表達時使用。是鄭重的表達方式。 ※句意大多用在積極面。常用在客套話上。 ⊟ 最高の～ さいこう

文法號碼	文型 ぶんけい 文型中文翻譯	文法常見句型 P45.mp3 例句+例句中譯 文型解說/註解 🔆 為同義詞，✳ 為該文型的其他形式
1	わけだ a. 當然／怪不得 ／難怪… b. 也就是說…	**N3** 前句：多見表理由的「～だから、～から、～ので」或「言い換えれば（換句話說）」等 普（ナな／である／Nの／である／という） ＋ わけだ a. 彼はプロのダンサーらしい。どうりで体のキレが半端ないわけだ。 他好像是專業舞者，怪不得身手這麼好。 b. 毎日30分の勉強を1年続ければ、約180時間の勉強量になるわけです。 每天讀書30分鐘，持續1年的話，也就是說會有大約有180小時的讀書量。 a. 先講述事實，再藉由例子、事實、理由背景等（身手好）合理推論事情的結果（推論好像是專業舞者）。 ※「わけだ」是由邏輯、案例導出結論的說法。「はずだ」則是注重話者自身想法。 b. 前後句事態完全相同，只是換種說法而論。 🔆 のだ
2	ことになる 【結局】 7 也就是說…	**N3** V普 ＋ ことになる 彼が自白したと言っても、証拠や証言から、彼は犯行時刻現場におらず、犯人ではないということになる。 即使他自白了，但證據和證詞都證明他在犯罪進行時不在現場，也就是說他並不是犯人。 對某事物換一種說法或角度（不在犯罪現場）來敘述本質或真實意義（真實是他不是犯人）。 🔆 つまり、～そうなる ✳ ことになっている／ことになった／こととなる／ということになる
3	ということ 【結論】 總之就是／也就 是說…（的意 思）	**N3** 前句：多接續「つまり」 普／簡述句 ＋ ということ（だ） 社長は彼の言いなりだ。つまり事実上の決定権は彼にあるということだ。 社長對他言聽計從，也就是說，他握有實際的決定權。 對某事物的內容（決定權）做統整（是他，不是社長）、解釋，說出自己的意見或想法，又或是進行事實的核對、總結。 🔆 つまり～だ

4	**ところだった** 差一點就／險 些…	**N2** 前句：a. 表示「差一點就要～」時多接副詞「もう少しで、危な く（危うく）、すんでのところで」等 b. 表示「如果～就要～」時多接表示條件的「～ば、～た ら」等 Vる／ない ＋ ところだった もう少し連絡が遅かったら、先に帰ってしまうところだったわ。 再晚點聯繫的話，我差點就要回家了。 表示馬上就要發生很差的情況（馬上就要回家了），但實際上沒發生 （事實上還沒回家），或沒到那種地步。是一種回憶表現，回憶差點 發生的事情。也能使用在發生壞事前的一瞬間。話者有「幸好、慶 幸」的語氣。 ※也可用在積極的事情上。 ≒ もう少しで～のような結果になりそうだった ＊ ていたところだった
5	**ずじまい** **（N）** （結果）還是沒 能…	**N2** 前句：多接續「結局、とうとう」 Vない ＋ ずじまい 多意志動詞 仕事を早く終わらせ走って向かったが、彼女には会えずじまいだった。 提早結束工作跑去找她，還是沒能見到。 表示某個意圖、目標（見到她），因為一些因素，無法達成，經過一 段時間（提早結束工作），結局是無果而終（沒能見到她）。「しな い」搭配此文型時會變化成「せずじまい」。 ※有惋惜、失望、後悔的語氣。 ≒ ないで終わる ＊ ずじまいで／ずじまいだ／ずじまいのN
6	**あげく** 終究…；最後… （不好的）結果	**N2** 前句：多強調不容易的「いろいろ、さんざん、長い時間」 Vた／動名の ＋ あげく ＋ 消極的結果 慣用：あげくの果て（最後結果） 多くの犠牲を払ったあげく、得るものは一つもなかった。 做出了許多犧牲，最後卻一無所獲。 經過前面一段的努力或波折（做出犧牲），結果卻是令人遺憾的（結 果一無所獲），而且甚至造成精神上的負擔或麻煩。 ※多用在不好的狀況或消極的場合 ≒ いろいろ～した後で、とうとう最後に～ ＊ あげくに／あげくのN

7	<ruby>末<rt>すえ</rt></ruby>（に） 經過…最後／結局…	**N2** 前句：多接續「いろいろ、さんざん、長い時間」 V_た／N_の ＋ 末（に） ＋ 表消極句、積極句皆可 <ruby>長<rt>なが</rt></ruby>い<ruby>戦<rt>たたか</rt></ruby>いの<ruby>末<rt>すえ</rt></ruby>に、やっと<ruby>勝利<rt>しょうり</rt></ruby>をその<ruby>手<rt>て</rt></ruby>に<ruby>掴<rt>つか</rt></ruby>んだ。 經過漫長的戰役，最後總算獲得勝利。 指某一期間進行了許多反覆艱難的活動、行為（漫長的戰役），最後產生的結果（獲得勝利）。 ※用途比「あげく」廣，不管好壞結果，可與「あげく互」換。 ≒ いろいろした<ruby>後<rt>あと</rt></ruby>、<ruby>最後<rt>さいご</rt></ruby>に～ ※ <ruby>末<rt>すえ</rt></ruby>のN／末
8	きり₁ 只有／僅有…	**N3** N／V_{ますっ} ＋ きり <ruby>無理<rt>むり</rt></ruby>を<ruby>言<rt>い</rt></ruby>うのは、これきりにしてくださいね。 這種勉強人的要求，這是最後一次了。 表示限定，「只有這些」範圍之意。 ～だけ／しか～ない ※ きりしか～ない（語氣更強）
9	きり₂ a. 全心全意 b. 自從…一直…	**N2** a. V_{ますっ} ＋ きり b. V_{たっ}／これ／それ／あれ ＋ きり ＋ 多接否定 a. <ruby>子供<rt>こども</rt></ruby>の<ruby>世話<rt>せわ</rt></ruby>にかかりっきりで、<ruby>他<rt>ほか</rt></ruby>のことはなにもできない。 全心全意照顧孩子，其他什麼事都做不了。 b. <ruby>彼<rt>かれ</rt></ruby>は<ruby>家<rt>いえ</rt></ruby>を<ruby>出<rt>で</rt></ruby>て、それきり<ruby>一度<rt>いちど</rt></ruby>も<ruby>帰<rt>かえ</rt></ruby>ってこない。 他從出家門後，就一直沒回來。 a. 不做別的事，一直全心投入做這件事（全心全意照顧孩子）。 b. 表示從那個時點（出家門）之後，就一直沒發生某事態（就一直沒回來）。 ≒ して、そのままずっと～ ※ きりだ
10	た<ruby></ruby>きり～ない 一…就（再沒）	**N2** V_た ＋ きり～ない <ruby>事故<rt>じこ</rt></ruby>で<ruby>寝<rt>ね</rt></ruby>たきりになってから、<ruby>自分<rt>じぶん</rt></ruby>で<ruby>動<rt>うご</rt></ruby>くことはできない。 因事故臥病在床後，我就再沒自己活動了。 あの<ruby>日<rt>ひ</rt></ruby>を<ruby>最後<rt>さいご</rt></ruby>に<ruby>別<rt>わか</rt></ruby>れたきり、<ruby>電話<rt>でんわ</rt></ruby>もしていません。 那天最後一別，就再沒通過電話了。 這為最後機會，再也沒有繼續發生預想的事了（自己活動／通電話）。 ≒ して、そのままずっと～ ※ きりで～ない／口語：っきり

11	**たところ** 沒想到…（的結果）	**N3** Vた ＋ ところ ご提案いただいた企画を会議にかけたところ、コスト修正を条件に採用となりました。 沒想到您在會議上提案的企劃，以修正成本為條件，被採用了。 因為做了某件事（在會議提案企劃），而偶然得到了後句的結果（被採用），此結果是出乎意料的客觀事實。 ※因後句大多是偶然事件，所以不使用意志句。 ≒ したら／した結果 ＊ たところ＝たら
12	**っけ** 是／是不是…嗎／來著?	**N3** 普 ＋ っけ 　　　　　← 可替換：「～ましたっけ、～（ん）でしたっけ」 あの書類、どこでしたっけ。 那份資料，在哪裡來著？ 對自己理應知道的過往事實（以往都知道資料在哪）感到不確定時，帶一種疑問口氣叮囑對方或向對方確認。也可以用在自言自語，自我確認上（在那來著？）。是較隨和的口語表現。 ※不可用在身份地位比自己高的對象上。 ※「っけ」是終助詞。 ≒ ～？／～だった？
13	**始末だ** 結果最後竟… （落到地步／程度／結果）	**N1** 前句：多見「とうとう、最後は」或「てしまう、あげく」 Vる／この／その／あの ＋ 始末だ 彼は本当にだらしない。学生時代は毎日遅刻し、社会人になっても無断欠勤するしまつだ。 他真的很散漫。學生時代每天遲到，即便成為社會人也會不通知就缺勤。 前句敘述一個不好、壞的過程、歷程（學生時代就遲到），後句敘述因此落得更糟、更壞、不理想的負面結果（變成社會人更是不通知就缺勤）。帶有譴責的含意，表示對某人、事、物落到這種地步感到詫異。 ※「始末だ」通常無需翻出相對應的中文。 ≒ という悪い結末だ ＊ 否定：しまつじゃ（なくて）／始末だった（過去形）

14	っ放し ばな a. （置之不理） 而做… b. （持續）一 直…	**N2** Vます ＋ っ放し
		a. アイロンをつけっ放しで、買い物に行ってしまった。 熨斗開著就跑去買東西了。
		b. とてもストレスが溜まっていたのだろう。さっきから彼女一人でしゃべりっ放しだ。 想必是累積了很多壓力吧，從剛才開始她就一直一個人自言自語。
		a. 該做的事不做（該關掉熨斗），放著置之不理、放任不管，然後就做後項的事了（跑去買東西）。 b. 相同的事情或狀態一直持續著（一直自言自語）。 ※多用含負面評價的句子。
		🔁 したままだ ✳ っ放しのN／っ放しで／っ放しだ
15	に至る いた （甚至）到了／ 達到…	**N1** 前句：多見「ついに、とうとう、ようやく」 Vる／N ＋ に至る
		社員3名の零細企業から、紆余曲折を経て、社員3000名に支えられ、一部上場の今日に至った。 從只有三名員工的小企業，經歷許多波折後，成為現在了受3000名員工支持的上市公司。
		在連續經歷各種各樣的事後（3名員工的中小企業，經過波折），終於發展、達到某種程度、階段、狀態（3000名員工支持的上市公司）。
		🔁 までになる ✳ に至るまで（語氣更強）

文法號碼	ぶんけい **文型** 文型中文翻譯	**文法常見句型**	P46.mp3
		例句+例句中譯	
		文型解說/註解	
		〓 為同義詞，✳ 為該文型的其他形式	

1	**わけがない** 不會／不可能…	**N3** 普（ナな／である／Nの／である） ＋ わけがない
		し　　にんげん　　　　　　　　　　　でんわ 死んだ人間から電話がかかってくるわけがない。 死人不可能打電話過來。
		以事實、道理為出發點（例如死人不會動），強烈主張某事沒有成立的可能性及理由（不可能打電話過來）。是**堅決的全面否定**。 ※表達話者主張或主觀判斷。 ※可和「はずがない」替換。 とうぜん 〓 当然〜ない ✳ わけはない／口語：わけない／Nなわけがない

2	**はずがない** 不會／不可能…	**N3** 普（ナな／である／Nの／である） ＋ はずがない
		かれ　　おおけが　　　　　　　　　　ある 彼は大怪我したばかりです。歩けるはずがない。 他才剛受重傷，不可能走路的。
		話者根據事實、道理及自身的知識為出發點（剛受傷），有把握地推斷某事不可能成立（不可能走路）。 ※表達話者主張或主觀判斷。 ※可和「わけがない」替換。 ✳ はずはない／口語：はずない

3	**っこない** 絕不…	**N2** 前句：常用呼應用的「なんか、なんて、こ／そ／あんな（に）」
		V_{ます} ＋ っこない ⤷ 多是可能形
		かれ　やさ 彼は優しいから、そんなひどいことできっこない。 他很溫柔，絕不會做那樣過份的事。
		ねこ　　　　　　　　　　　　い 猫にそんなこと言っても、わかりっこない。 即使對貓咪說那些話，牠也絕對聽不懂的。
		表示話者的判斷，強烈否定某事發生的可能性（否定他會做過份的事／否定貓聽懂那些話的事）。 ※用於跟關係親密對象之間的對話。 ※「っこない」是「はずがない」的口語形式。 ぜったい 〓 絶対に〜ない／〜はずがない／〜するわけがない

4	**ものか** 怎麼會…呢；絕 對不…呢；才 不…呢	**N2** 前句：多接續「決して、絶対に」 普（ナな／Nな） ＋ ものか **大好きな監督と俳優がタッグを組んだ新作映画だ、見逃すものか。** 這部由最喜歡的導演和演員為主打的新片，我才不會錯過呢！ 表示話者強烈的否定（否定自己會錯過），帶有話者個人感情色彩。 以反語強烈否定他方意見，或表示自己有絕不做某事的決心。 ※發音時句尾下降。 ≒ 決して～ない ※ ものですか／較隨便：もんか
5	**もしない** 一點都不…	**N2** Vます ＋ もしない **わざわざ遠くの店で買って帰ったケーキなのに、彼女は食べもしない。** 特地跑大老遠的店買回來的蛋糕，她卻一口都不吃。 「一點都不…」之意（一點都不吃），帶有不滿的情緒。 ≒ 全然～しない
6	**どころではな い** a. 何止…；哪裡 是… b. 不是…的時 候；哪裡還 能…	**N2** Vる／N／動名 ＋ どころではない a. **彼の数学のレベルは高校どころではない。小学校から復習すべきだ。** 他的數學哪有高中程度，應該要從國小開始複習才是。 b. **今、一刻を争う事態で、それどころではないんだ。** 現在是分秒必爭的局勢，不是講那個的時候。 a. 表示程度。表示「遠遠達不到那種程度」（他達不到高中程度）， 相反的，也就是某事（他的數學程度）「遠超出那種程度」（遠超 出想像中的差）。前句接想像或期待中的人事物（他的數學能 力），然後給予否定（沒達到高中程度），以**強調更重要的後句** （應當從國小開始複習）。後句才是實際的狀況。 b. 表示否定。加強否定語氣。由於目前事態困難（分秒必爭），沒有 做某事（講那個）的餘裕、時間、金錢、精力。 ※對話用語。不用於正式文章、論文等生硬文體中。 ≒ はとてもできない ※ どころじゃない／どころではなく
7	**なしに** 沒有…；不… 而…	**N1** N／動名 ＋ なしに **信頼なしに、良い人間関係は築けない。** 沒有信賴，是無法構築良好的人際關係的。 沒有做或不做前句應該做的事（信賴），就做後句（構築良好人際關 係）。 ※有時有指責口氣。 ≒ ないで／なく／ずに

8	ことなしに 沒有…；不…就…	**N1** Vる ＋ ことなしに ＋ 常接「否定可能形」 努力することなしに、成功^{せいこう}はない。 沒有努力，就不會有成功。 沒有做前句的話（沒有努力），後句就無法做到（無法成功）。 ≡ しないで〜ない

PART47. 部分否定

文法號碼	ぶんけい **文型** 文型中文翻譯	**文法常見句型** P47.mp3 例句+例句中譯 文型解說/註解 ≡ 為同義詞，＊ 為該文型的其他形式

1	というものではない 並非／未必／並不是…；不能說…；可不是…	**N2** 普 ＋ というものではない **慣用**：〜ばいいというものではない（並非說…就好） 謝^{あやま}ればいいというものではない。 並非是道歉就可以的狀態。 委婉表達某主張或想法（只要道歉就好）不是那麼正確、恰當，沒有完全贊成，只是部分否定該主張的想法。 ≡ とはいえない／というわけではない ＊ というものでもない
2	わけではない 【部分否定】 並非／未必／並不是…	**N3** 前句：a. 多接續「からといって、別に、特に」 b. 多表部分否定「全部、全然、みんな、まったく」 普（ナな/である／Nの/である） ＋ わけではない ※「〜ないわけではない」表部分肯定 間違^{まちが}っているわけではないが、もっと良^よい方法^{ほうほう}があると思^{おも}う。 並不是也錯，是我覺得有更好的方法。 委婉地部分否定前句內容（錯誤），表示不能太簡單下定論，也許還有其他狀況。 ≡ 全部^{ぜんぶ}が〜とは言^いえない／必^{かなら}ず〜とはいえない ＊ わけてもない／口語：Nなわけではない

3	**というわけではない** 並非是／未必是 ／並不是因為…	Ⓝ③ 普　＋　というわけではない 泳げないというわけではない。海で泳いだことがないだけで、プールならなんとかなる。 並不是因為不會游。只是沒在海裡游過，如果是游泳池的話會有辦法的。 前句先敘述否定的事實（否定不會游泳的事實），後句再解釋其原因（原因是沒在海裡游過），表示有理由才不做某事。 ✻ってわけではない
4	**ないことはない** 並不是不／不會 不…	Ⓝ② Vない／イくない／ナでない／Nでない　＋　ことはない a. 過半数の票を集められたら、リコールできないことはない。 　只要能獲得過半數選票，不會不能罷免。 b. これを買うお金がないことはないが、買ってしまったら、もう帰りの電車にも乗れない。 　並不是沒有賣這個的錢，但買了之後，就連回家的電車都搭不了了。 a. 表示消極肯定：「某一方雖是那樣（票數少），但不是百分之百都是那樣的」之意（不是少就不能罷免，過半數的少，也能罷免），使用雙重否定達到消極肯定的意義（消極表示能罷免），避免說話太斷定。暗示實現的可能性不大。 b. 表示全面否定：表達「完全沒那種事」的全面否定（完全沒有買不起的事情）。 🟰 かもしれない／なくもない／ないこともない ✻ ないこともない
5	**ことは～が** 雖說是…但是	Ⓝ③ 普（ナな／Nな）　＋　ことは～が 　　　╰─同一意義詞語─╯ やることはやったんですが、どれくらいできてるか自信がありません。 雖說能做的都做了，但我並沒有自信能做到那種程度。 表示某事無法積極肯定（無法肯定能做到什麼程度），但暫且能承認（都做了，暫且應該是能做到某程度）。用於同一個詞的反覆（やる），是一種讓步表現。 一応～が、しかし～

6	とは限らない （かぎ） 未必／不見得／ 也不一定…	**N3** 前句：a. 搭配副詞「いつも、全部、誰でも、必ずしも、どこでも、何でも」等 　　　　 b. 以「～からといって」強調「就算那樣也不見得會～」 普　＋　とは限らない 本に書いてあるからと言って真実とは限らない。自分で調べることが大切だ。 （ほん）（か）（い）（しんじつ）（かぎ）（じぶん）（しら）（たいせつ） 書中所寫內容也未必是真的，最重要的是要靠自己去查詢。 表示事情不一定是絕對的，不一定是正確或真的（書上寫的不一定是真的），也有例外的情況（例如有錯誤的資訊）。 ≒ ということがいつも本当だとは言えない（ほんとう）（い）
7	ないとも限らない （かぎ） 未必不／不見得 不／也許會…	**N1** Vない／イ（いく）ない／ナではない／Nではない　＋　とも限らない 万が一が起こらないとも限らない。準備しておくに越したことはない。 （まん）（いち）（お）（かぎ）（じゅんび）（こ） 未來不見得不會發生，最好先做好準備。 話者基於擔心，表示某事物雖然不會百分之百發生，發生機率微小，但有其可能性，因此事先採取對應措施較好（準備）。 ≒ そうと断定できない／かもしれない（だんてい）
8	なくもない 並非（完全）不 ／也不是（完 全）不…／有 點…	**N1** Vなくいく／イ（いく）なくいく／ナでなく／Nでなく　＋　もない 彼の考えは冷たいようだけど、僕は理解できなくもないよ。 （かれ）（かんが）（つめ）（ぼく）（りかい） 他的想法似乎有點冷淡，但也不是不能了解。 是雙重否定帶來的消極的肯定（能了解），也可說是部分否定。表示行為、認識並非完全沒有，在某些情況下也是可以成立的。 ※表示個人的推測、判斷與好惡。 ※與「ないことはない」用法相同。 ≒ まったく～ないのではない／ないこともない／ないでもない／ないものでもない ＊ なくはない
9	ないものでもない 並非（完全）不 ／也不是（完 全）不／也可 以…／也許會	**N1** Vない　＋　ものでもない 慣例とは言っても、必ずやらなければならないものでもない。 （かんれい）（い）（かなら） 雖說是慣例，這並非一定要做的事。 以雙重的否定，表示委婉含糊的消極肯定（消極認為還是要做）。指前句動作有難度或不情願、不感興趣（慣例），但依後續周圍情勢發展，並非不能完全做，可以做或有可能會發展成那樣（可做或可不做）。 ※表示個人推測、判斷與好惡。 ※與「なくもない」可替換。 ≒ まったく～ないのではない／可能性がある／なくもない（か）（のうせい） ＊ ないでもない／通俗口語：ないもんでもない

PART48. 主張、斷定

1	**にほかならない** 不外乎是／無非是／正是／其實是／完全是／不是別的…而是…	**N2**　名詞多含「から、せい、おかげ（原因）、ため（目的）」 N ＋ にほかならない これだけ頑張れるのは、家族のためを思うからにほかならない。 我這麼地努力，無非是為了家人著想。 是一種斷言。斷定事情發生的理由原因不是別的，就是這個之意（理由就是「為了家人著想」）。是肯定的語氣。 ※用於評論性文章。 ≒ だ／それ以外の何ものではない
2	**に決まっている** 必定是／肯定是／一定是…	**N3**　普（ナ／ナである／N／Nである）　＋　に決まっている そんなの聞くまでもない、反対するに決まっている。 連聽都不用聽，一定是反對。 斷定表現。話者根據社會常識、一般規律，語氣強烈地確信，無疑自己所說的事（要反對），自信的推定。 ※「に決まっている」比「に違いない」更口語。 ≒ きっと〜だ／必ず〜だ
3	**にすぎない** 只不過／不過是／只是…而已	**N2**　**前句**：多見「ただ、ほんの」 N／普（ナである／Nである）　＋　にすぎない **後句**：多表現話者對事物、現象的輕視，認為不值得一提 これは氷山の一角にすぎない。 這不過是問題的一部分而已。 主張某事（問題）微不足道（冰山一角），不超過某一個程度，程度有限，強調其程度之低。有著並不重要，沒什麼大不了的輕蔑消極評價語氣。 ≒ ただ〜（である）だけだ／〜でしかない

4	しかない 只能／只有／只好…	**N3** Vる／動名　＋　しかない すすむも地獄、逃げるも地獄、ならば進むしかない。 前進是地獄，後退也是地獄，那就只好前進了。 限定表現。表示別無選擇，只有這個可行，沒其他可能性了（只好前進）。有不得不放棄的語感。 ※用法比「ほかない」還要廣。 ≒それ以外に方法はない／ほかしかたがない／（より）ほか（は）ない／だけだ
5	ほかない 只有／只好／只得…	**N3** Vる　＋　ほかない しゃちょうの決めたことに、従うほかない。 社長決定的事，只能聽從。 除此之外，別無他法，這是唯一的選擇（只能聽從）。表示**無奈、不願意**的情緒。 ≒それ以外に方法はない／しか〜ない／以外に〜ない ※（より）ほか（に／は）ない／（より）ほかしかたがない／というほかはない
6	というものだ 也就是／確實是／實在是…	**N2** 普（ナ／N）　＋　というものだ 　　　　　　　　　　　　　　　　↖ 沒有過去式、否定形 じぶんのことは自分でやる、それが大人というものだ。 自己的事自己做，這就是大人。 話者對此發表斷定式的感想、評論，並做結論。常用來說明事物（大人）的本質特徵、功能和內容（本質特徵就是自己的事自己做）。**前句**是行為動作（自己的事自己做），**後句**是針對前句行為做結論的判斷（結論：這就是大人）。 ≒本当に〜だと思う／なのだ ※口語：というもんだ／ってもんだ
7	にこしたことはない 莫過於／最好是…；沒有比…更好的	**N2** 普（ナである／Nである）　＋　にこしたことはない お金はあるにこしたことはない。 有錢是最好。 以常識來看，認為這是理所當然最好的（理所當然有錢是最好的），認為這種主張不會有反對意見。 ≒方がいい／方が安全だ

8	のだ【主張】 （表示說話人的主張）	(N2) 普（ナな／Nな） ＋ のだ 大人になったらパイロットになりたいんだ。 長大後我想要當飛行員。 話者強調自己的主張或陳述自己的決心（要當飛行員），說明前句所敘述的事情或當時情況的原因理由（當了大人）。 ※ 口語：んだ／敬語：のです／書面：のである
9	ばそれまでだ 一旦…就完了／就到此結束；如果…就算了／就失去意義了	(N1) 前句：多見「～ても、～も」，強調就算如此也無法彌補 Vば ＋ それまでだ 理想ばかりあっても、稼げなければそれまでだ。 空有理想，但沒能賺錢的話就沒有意義。 主張一旦出現前句假設的情況（沒能賺錢），一切就只好到此結束了（沒意義），因為已無話可說、徒勞無功了。 ※帶有死心、絕望的口氣。 ≒ そのようなことになればすべて終わりだ ※ それまでだ／たらそれまでだ／それまでのことだ
10	でなくてなんだろう 不就是…；難道…不是嗎；不是…又是什麼呢；這可以叫做…	(N1) N ＋ でなくてなんだろう ↑ 多有限的承接語「愛、宿命、運命、真実、偶然」 本当に辛い時に助けてくれる人が友達でなくてなんだろう。 艱難的時候伸出援手的人，不是朋友還能是什麼呢。 強烈的主張、斷定。取一抽象名詞（朋友），帶著情感色彩（感嘆、發怒、感動）說「這正是所謂的…」，或是以反問的方式說「這不是…是什麼呢」。 ※常見於小說、隨筆等。 ※有話者主觀的感受。 ≒ これこそ～そのものだ／～そのものだ／～にほかならない

文法號碼	文型 ぶんけい 文型中文翻譯	文法常見句型　　　　　　　　　　P49.mp3
		例句+例句中譯
		文型解說/註解
		≒ 為同義詞，※ 為該文型的其他形式

N3 $\boxed{V_{て}／イ_{いくて}／ナ_{で}}$ ＋ 仕方がない

後句：用於第三人稱時（因非話者本人），句末加上「ようだ、らしい、のだ、そうだ」

合否の結果が気になって仕方がない。
對合格與否擔心得不得了。

| 1 | て仕方がない
しかた
得不得了… | 產生某種「十分強烈，無法抑制」的感情（擔心）或身體感覺，不能忍受的狀態（擔心得「不得了」）。表示話者感情、身體感覺、欲求。
※可和自發動詞「思える、泣ける」一起用。
※「て仕方がない」：可與「感情、感覺、欲望」以外的詞語使用，用法較廣。
　「てたまらない」：有無法忍受之意，故常與「痛い、腹が空く」等表身體感覺的詞語一起使用。
　「てならない」：一般用於「思える、悔やまれる」等表現思考的詞語。
≒ 非常に～だ
ひじょう
※ 口語：てしょうがない（最常用）／て仕方ない |

N3

表示感情：「残念、嬉しい、悲しい」
表身體感覺：「痛い、喉が渇く、お腹が空く」
表願望：「たい、ほしい」

$\boxed{V_{て}／イ_{いくて}／ナ_{で}}$ ＋ たまらない

後句：用於第三人稱時（因非話者本人），句末加上「ようだ、らしい、のだ、そうだ」

朝から何も食べてないんだ。腹が減ってたまらない。
あさ　　なに　た　　　　　　　　　はら　へ
從早上就什麼都沒吃，餓得受不了。

| 2 | てたまらない
得不得了… | 產生某種「十分強烈，無法抑制」的感情或身體感覺（肚子餓），不能忍受的狀態（餓得「受不了」）。表示話者感情、身體感覺、欲求。
※不可以和自發動詞、思える、泣ける一起用。
※「て仕方がない」：可與「感情、感覺、欲望」以外的詞語使用，用法較廣。
　「てたまらない」：有無法忍受之意，故常與「痛い、腹が空く」等表身體感覺的詞語一起使用。
　「てならない」：一般用於「思える、悔やまれる」等表現思考的詞語。
≒ 非常に～／我慢できないほど～
ひじょう　　　　　がまん
※ てたまらず |

175

N3

表示感情：「残念、嬉しい、悲しい」
表感覺：「思える、気がする」
表願望：「たい、ほしい」

| Vて／イいくて／ナで ＋ ならない |

後句：用於第三人稱時（因非話者本人），句末加上「ようだ、らしい、のだ、そうだ」

あんな小さい子が一人だなんて、心配でならない。
那麼小的孩子單獨一人，令人擔心得不得了。

3 てならない
…得不得了／受不了

產生某種「十分強烈，無法抑制」的感情（擔心）或身體感覺，不能忍受的狀態。表示話者感情、身體感覺、欲求。

※可和「自發動詞、思える、泣ける、思い出される」搭配使用。多表不好的心情。

※「て仕方がない」：可與「感情、感覺、欲望」以外的詞語使用，用法較廣。

「てたまらない」：有無法忍受之意，故常與「痛い、腹が空く」等表身體感覺的詞語一起使用。

「てならない」：一般用於「思える、悔やまれる」等表現思考的詞語。

≒抑えられないほど〜

＊てなりません

N2

前句：多表現在時點的「こう、こんなに」

Vては／イいくては／ナでは／Nでは ＋ かなわない

↖ 讓人很苦惱的意思

この問題を自分のせいにされてはかなわない。
這個問題要被當作是我的錯，可受不了。

4 てはかなわない
…得受不了／得要命／得吃不消

表示某動作主體（例如上司等）主觀上（認為是我的錯）令人無法忍受（我受不了）。在這個時點上很苦惱、負擔過重、無法應付。如果照這樣下去，會不堪忍耐、不能忍受。

≒のはいやだ、困る

＊通俗：（ては→ちゃ　かなわない）

　　　　（では→じゃ　かなわない）

　　てはたまらない、ちゃたまらない、じゃたまらない

5

てやまない
a. …不止／不已
b. 衷心地…

N1 Vて + やまない →原形「やむ」

↳ 多表願望「祈る、願う、愛する、期待する」等感情動詞

a. 私はこの作品を愛してやまない。
我一直熱愛這個作品。

b. 一日も早い快復を願ってやまない。
衷心地希望，你可以早點康復。

強調感情。表示對對方發自內心極強烈的關懷心情，而且這種感情
（愛／希望）一直持續不變。

※表話者本人發自內心的心情，所以不用在第三人稱。

※多在小說及文章當中，較少用在正式對話場合。

心から～ている／どこまでも～する／～しないではいられない

てやみません

6

限りだ
…極了／之至；
非常／無比／極其…

N1 イぃ／ナな／Nの + 限りだ

↳ 表心理狀態的形容詞

慣用：命の限り、力の限り、あらん限り、贅沢の限り

大企業の御曹司の結婚式は贅沢の限りだ。
大企業的公子的結婚典禮，可說是極其奢華。

表示話者當下極其強烈的感覺（覺得奢華），是感情的極限，不過這
種喜怒哀樂是無法從外觀客觀地看出的（例如是諷刺還是稱讚，沒人
知道）。

※表話者本人發自內心的心情，所以不用在第三人稱。

最高に～だと感じる

7

といったらない
…極了／到不行

N1 Vる／イぃ／ナな／N + といったらない

↳ 表程度的詞

契約が取れた日に飲むビールのうまさといったらない。
簽到契約的那天喝的啤酒，好喝極了！

強調心情，前句提出的對象（啤酒），程度到了極致（美味度），無
法再形容，後句則表示對此感到感嘆、失望、吃驚等心情，此心情可
是正面也可是負面。

※正面：表欽佩。負面：表埋怨或消極。

口では表現できないほど～と思う／非常に～だ

といったらありはしない（書面、用於貶義）／

といったらありゃしない（用於貶義）／

通俗口語：ったらない（用於褒貶皆可）

N2 普 ＋ と言ったら ＋ 普

意思相似或完全一樣的詞

8　と言ったら
　　說要…就要…

ダメと言ったらダメ！
說不行就是不行！

無論誰說什麼，都絕對要進行後句動作（就是不行、不可以）。表示意志堅定，是種強調的說法。

≒ 誰がなんと言っても

文法號碼	文型 <ruby>ぶんけい</ruby> 文型中文翻譯	文法常見句型　　　　　　　　　　　　P50.mp3
		例句+例句中譯
		文型解說/註解
		🔁 為同義詞，※ 為該文型的其他形式

1

ないわけに（は）いかない

不能不／必須…

Ⓝ3　Vない　＋　わけにはいかない

慣用：そういうわけにはいかない（那樣不行）

彼女の丹精込めた手料理を食べないわけにはいかない。
她精心親手做的菜，不能不吃。

根據社會理念、一般常識、人際情理、過去經驗（他精心親手做的菜），這件事是必須做的，有義務要去做，無法躲掉的（必須吃）。

🔁 どしても～しなければならない

2

ざるを得ない

不得不／只好／（被迫）…／不…也不行

Ⓝ2　Vない　＋　ざるを得ない

★しない→せざるをえない

誰もしないなら、私がせざるを得ない。
如果沒人要做，就只好我來做了。

並不想做某事（不想做），但因為有不可避免的情況，或迫於某種壓力，而沒有選擇的餘地（都沒人要做），不得不違背心意，昧著良心去做某事（不想做，但還是自己來做）。

「ざる」是「ず」的連體形，是古語的「ない」，而「得ない」是「得る」的否定形

※「～ざるを得ない」比「～ないわけにはいかない」更有無可奈何感。

🔁 どうしても～する必要がある／～しなければならない

3

ずにはいられれない

不由得／不禁…

Ⓝ2　Vない　＋　ずにはいられない

Vない　＋　ではいられない

後句：如果主語為第三人稱時（因非話者本人）要加「ようだ、らしい、のだ」。

酷い仕打ちに見るに耐えず、言わずにはいられない。
這樣差勁的對待令人看不下去，不得不說。

話者生理上無法忍耐的事。看到事物樣子或情況，心裡有種「無論如何都想做」或「克制不住非常想做」的衝動情緒（想說的衝動），是意志力無法壓抑得住的，是情不自禁的（壓抑不住，就是要說）。

※有主動、積極的語感。

※因表話者心情、身體感覺。也可用在第三人稱。

🔁 どうしても～しないでいることはできない／～しないでは我慢できない

※ ないではいられない（口語）

4	**ずには済ま ない** a. 非…不可；不能不… b. …說不過去	**N1** 前句：主詞可以是「人或物」 Vない ＋ ずには済まない ＋ 負面句 Vない ＋ では済まない ＋ 負面句 ★しない→せずにはすまない 慣用：一言言わずには済まさない（非說上一兩句不可）、飲ま ずには済まさない（非喝不可）、謝らずには済まさない （不道歉不行）

a. 社長ならば責任をとらずには済まない。
　既然是社長，不能不承擔責任。
b. 君が謝るだけでは済まされない。
　你只有道歉，是說不過去的。
b. 大変申し訳なくて、お詫びせずには済まない気持ちです。
　非常地抱歉，不好好道歉實在說不過去。

在自己當時所處情況，考慮到社會規範、一般道理，表示「從自己心情上來說，無法容許不做那件事、不得不那麼做」或「不做就無法解決問題」。
※「済む」表示問題了結，所以「ずには済まない」是雙重否定變肯定。即負負得正。
※與「ずにはおかない」相較，較被動、消極。
≒必ず～しなければならない／～なければならない／～ないわけにはいかない
＊ないでは済まない、なしでは済まない、口語：ないじゃ済まない

5	**ずにはおか ない** 【a.自發的作用】 【b.必做】 a. 不由得… b. 非…不可／一定要／肯定會	**N1** Vない ＋ ずにはおかない Vない ＋ ではおかない ★しない→せずにはおかない

a. あの名シーンは人の心を震わせずにはおかない。
　那個名場面令人不由得內心一震。
b. この演説は世界中の反感を呼び起こさずにはおかないだろう。
　這場演講肯定會引起全世界各國的反感吧。

a. 前句為感情動詞。把事物當作主體時，表示客觀上，因為外力，而自然而然地觸動了那樣的強烈情緒或引發了那樣的行為、產生某種狀態結果或欲望，無法靠自己的意志控制。故常以使役形做接續。
b. 前句為動作動詞。當把人當動作、行為主體時，表示個人決心、意志。帶有主動、積極的表示「不做到某事絕不罷休，後句必定成立」的語感。受前句外力的影響，後句必定成立的意思。帶有話者強烈的強制慾望，欲使對方陷入某種狀況的語感。
※是雙重否定變肯定。即負負得正。
a. ≒そのようなことが引き起こされる
a.b. ＊ないではおかない

6	**を禁じ得な い** <ruby>禁<rt>きん</rt></ruby><ruby>得<rt>え</rt></ruby> 不禁／禁不住／ 忍不住／令人不 禁…	**N1** 多表感情名詞「怒り、同情、悲しみ、失望、驚き、憤り」 ⎿ N ＋ を禁じ得ない **後句**：如果第三人稱時（因為非話者本人）要加「ようだ、そう だ」 不誠実な対応に憤りを禁じ得ない。 對這不誠實的應對忍不住氣憤了起來。 表達主觀看到事物的樣子、情況、情景（不誠實的應對），心中自然 而然產生一種難以壓抑的情緒，這種情緒用意志力是壓抑不住的，**越 抑制感情越不可收拾（壓抑不住的氣憤）。非口語。** ※正反感情皆適用。 ≒ を<ruby>抑<rt>おさ</rt></ruby>えることができない
7	**を<ruby>余儀<rt>よぎ</rt></ruby>なく される** （被迫）不得不 ／只能／只好…	**N1** N ＋ を余儀なくされる ⎿ 表行為的名詞 <ruby>政府<rt>せいふ</rt></ruby>の<ruby>命令<rt>めいれい</rt></ruby>により、<ruby>撤去<rt>てっきょ</rt></ruby>を<ruby>余儀<rt>よぎ</rt></ruby>なくされた。 由於政府的命令，不得不拆除。 因為大自然或環境等個人所不及的強大力量（政府的命令）而不得已 被迫做後句的行動（被迫拆除）。**表示話者以被影響者立場被迫做出 了某種選擇。** ※含有沒有選擇餘地.無可奈何、不滿的語感。 ※跟「～を余儀なくさせる」立場剛好相反。 ≒ しかたなく～させる
8	**を<ruby>余儀<rt>よぎ</rt></ruby>なく させる** （迫使）不得不 ／只能／只好…	**N1** N ＋ を余儀なく させる ← 使役，因此有強制進行之意 ⎿ 表動作、行為的名詞 <ruby>大地震<rt>だいじしん</rt></ruby>は<ruby>住民<rt>じゅうみん</rt></ruby>に<ruby>避難生活<rt>ひなんせいかつ</rt></ruby>を<ruby>余儀<rt>よぎ</rt></ruby>なくさせた。 大地震迫使居民過著避難生活。 因自然（大地震）或環境等個人能力所不及的強大力量而導致某種不 好的結果出現（居民過著避難生活），是令人不滿的事態。**表示話者 以影響者立場迫使對方做出某種選擇，主語多為事態、情況等。** ※含有沒有選擇餘地、事態已發展到必須那麼做的地步、感到不滿的 語感。 ※跟「～を余儀なくされる」立場剛好相反。 ≒ しかたなく～しなければならない／やむをえず

PART51. 感嘆

1 ことに (は)
非常讓人／令人感到…的是

N2

↙ 心理狀態有關的動詞，例：「驚いた、困った」

| $\boxed{V_{た}}$ ／ $\boxed{イ_{ぃ}／ナ_{な}}$ ＋ ことに（は） |

↖ 感情形容詞： ○うれしい ×おいしい

後句：後句不可加話者意志句子：「来年留学するつもりだ。」

困^{こま}ったことに、担当者^{たんとうしゃ}が不在^{ふざい}なんです。
令人感到困擾的是，負責人不在。

前句話者先說出對事物的心情、感想（困擾），後句再加以人數該事的具體內容（負責人不在）。話者說話帶有感情色彩。

■ 非常^{ひじょう}に～ことだが／なんとも～だが

2 ことだ【感慨】
非常…／（感嘆）

N2

↙ 多接續「残念、楽しみ、嬉しい、嘆かわしい、恐ろしい」

| $\boxed{イ_{ぃ}／ナ_{な}}$ ＋ ことだ |

↖ 感情形容詞： ○うれしい ×おいしい

20年^{ねん}ぶりにみんなに会^あえるなんて、楽^{たの}しみなことだ。
我非常地期待和大家睽違20年相會。

前句提出具體的事情（和大家的見面），然後表示話者的驚訝、感動、諷刺、感慨等心情（期待）。可用的形容詞有限。

■ 非常^{ひじょう}に～だ

※ こと：指具體的事

3 ことか
多麼／非常…啊

N2

| $\boxed{疑問詞}$ ＋ 普（ナ_な／である／N_{である}） ＋ ことか |

↖ 何 ＋ 助数詞、いかに、なんと、どんなに、どれほど、どれだけ

合格通知^{ごうかくつうち}を受^うけ取^とった時^じ、どんなに喜^{よろこ}んだことか。
當收到合格通知時，我是多麼地高興啊。

表示程度之大（高興的程度非常大），大到無法特定、想像的地 。含有非常感慨的心情。

■ 非常^{ひじょう}に～だ

※ ことだろうか、ことでしょうか

4	ものだ【回想】 （曾經…）…啊	**N2** 後句：多見「よく」 V_た ＋ ものだ 中学生の頃、よくこの河原で遊んだものだ。 讀中學時，常在這個河灘玩耍。 回想起以前自己常做的事，或過往的事情（中學曾在河灘玩耍），帶著懷念，或是因與現今狀況不同的感慨進行敘述。 ≒ よく～したなあ
5	ものだ【感慨】 實在是／真是…啊	**N2** 普（ナ_な）　＋　ものだ 月日の経つのは早いものだ。入学式が昨日のことのようです。 日子實在是過得真快啊，入學典禮彷彿是昨天的事情。 帶著感情敘述心理強烈的感受、吃驚、感動等情緒（感覺很快）。 ≒ 本当に～だなあ ※ 通俗：もんだ
6	ものがある 確實是／的確是…（有價值）／總覺得…／很…	**N2** ← 現在形，表示話者感情的語句。不會是名詞。 普（ナ_な）　＋　ものがある あのホテルのサービスは高いだけのものがある。 那間飯店的服務品質確實是很高。 彼の底力には驚くべきものがある。 他的潛力確實相當驚人。 表示強烈的斷定。話者對某人事物的特徵、優點（飯店的服務品質／他的潛力）發自內心情感的肯定，而表現出正面肯定的感嘆。 ≒ 相当／とても～だ／なんとなく～感じだ ※ ものが見られる、ものが認められる
7	だろう【心情的強調】 多麼／非常…啊	**N3** 前句：多見「なんと、なんて、どんなに、いかに」 普（イ_い／いの／ナ／ナ_{なの}／N／N_{なの}）　＋　だろう 最後の試合で負けるなんて、どんなに悔しいだろう。 最後的比賽輸了，是多令人不甘啊！ 觸動到自身情感，話者帶著心中強烈的感受（不甘的感受），表示感嘆、讚嘆、感動。 ≒ 非常に～だ ※ でしょう／口語：の＝ん

8	ではないか【感動】（竟然）…不是嗎？	**N2** 普（ナ／N）　＋　ではないか
		a. おや、あれは高校の同級生ではないか。 哎呀，那不是高中的同學嗎？ b 見た目よりも美味しいではないか。 吃起來比看起來好吃呢。 c. なんだ、500円しか入ってないじゃないか。 什麼啊，竟然只有500日幣嗎。 あ…無料で食べ放題ではないか。 啊……這不是免費吃到飽嗎。
		a. 發現預想不到的事（看到高中同學）時的驚訝。 b. 表示佩服的意思（佩服這樣的外觀，卻如此美味）。 c. 與盼望相反（以為很多錢，但卻只有500日幣／以為免費吃到飽，但卻要付費或是免費但沒有吃到飽等），表示沮喪，偏離期望的意思。 ※是小說、散文中常見的書面用語。 ≒驚いたことに～
9	なんてa.竟然／簡直是／真是太；b.…什麼的／之類的…	**N2** 「思う、言う、考える」等動詞或相當的名詞時，表示發言或思考的內容。有時對內容有意外或輕蔑的口氣。 普　＋　なんて 後句：常見名詞（人事物）或「うらやましい、ひどい、くだらないものだ、馬鹿げたものだ」等話者的感想。
		a. 夢のようです。まさか私が優勝なんて！ 好像作夢一般，我竟然優勝了！ b. こんなつまらないことで喧嘩するなんて、馬鹿げてますよ。 竟然為這種無聊小事吵架，實在夠蠢的！
		a. （意外）對於未料到的事（未料到優勝）感到驚訝、感慨。 b. （輕蔑）表示對某事覺得是小事、無聊愚蠢的事，感到輕視。 ≒という事実は～／ということは～ ＊ など、などと、書面：とは

10	ことだろう 多麼…啊	(N2) 前句：～のは、「なんと、なんて、どんなに、いかに」 イぃ／ナな ＋ ことだろう ← 表示心情的形容詞 初孫が生まれるなんて、どんなに嬉しいことだろう。 第一個孫子出生，多麼開心啊。 對於某事物（第一個孫子）表示心裡強烈的感嘆、讚嘆、感動（開心）。 ※較主觀。 ≒ 非常に～だ／ことか／だろう

（はつまご／う／うれ／ひじょう — furigana）

11	とは【驚訝】 沒想到…竟…	(N1) ← 可用在句末 普 ＋ とは 弱虫だったあいつが、スター選手になるとは、思いもよらなかった。 以前懦弱的他竟成了明星選手，真是想不到。 断定表現。對於意料之外看到或聽到的事實（懦弱卻成為明星選手），表示吃驚或感慨的心情（想不到）。 前句敘述已知的事實，後句表達吃驚或感慨的情緒，有時後句會省略。 ※「とは」是由格助詞「と」和係助詞「は」組成，是強調「と」的用法。 ≒ という事実は～／ということは～ ※ 口語：なんて

12	始末だ 最後竟…（落到 地步／程度／結 果）	(N1) 相呼應的詞語「とうとう、最後は」 ＋ Vる／この／その／あの ＋ 始末だ 慣用：この（あの）始末だ（淪落到這般地步） さんざん人に世話になったうえに、礼も言わず逃げ出す始末だ。 受到別人那麼多的照顧，結果竟是連聲謝謝都沒有就逃跑了。 前句敘述一個不好、壞的過程、歷程（沒道謝就算了），後句敘述因此落得更糟、更壞、不理想的負面結果（還逃跑了）。帶有對此事譴責情緒，對這種毫無計畫性的地步感到詫異。 ≒ という悪い始末だ ※ 始末だった（過去形）

索引

單元	句型	中譯	頁
49	じゃたまらない	…得受不了／得要命／得吃不消	176
38	上	b. 在…上／方面	133
38	上は	b. 在…上／方面	133
38	上も	b. 在…上／方面	133
24	しろと（言う）【命令】	…說你要做	097
す			
45	末	經過…最後／結局…	164
45	末（に）	經過…最後／結局…	164
45	末のN	經過…最後／結局…	164
15	ずくめ	清一色…；淨是…；充滿了…	079
45	ずじまい（N）	（結果）還是沒能…	163
45	ずじまいだ	（結果）還是沒能…	163
45	ずじまいで	（結果）還是沒能…	163
45	ずじまいのN	（結果）還是沒能…	163
4	ずに済む	用不著／不…也行	037
50	ずにはいられない	不由得／不禁…	179
50	ずにはおかない【a. 自發的作用】	a. 不由得…	180
50	ずにはおかない【b. 必做】	b. 非…不可／一定要／肯定會	180
50	ずには済まない	a. 非…不可；不能不…；b.…說不過去	180
44	すら【強調】	（甚至）連…也／都…	159
8	することに耐えられない	不堪／不值得／不勝…	053
せ			
6	せいか（不確定感）	也許是…原因	043
6	せいだ	因為都怪…；歸咎於…	043
6	せいで	因為都怪…；歸咎於…	043
そ			
2	そばから	即使剛…就…；隨…隨…	031
48	それまでだ	一旦…就完了／到此結束；如果…就算了／失去意義了	174

單元	句型	中譯	頁
45	っ放しだ	a.（置之不理）而做…；b.（持續）一直…	166
45	っ放しで	a.（置之不理）而做…；b.（持續）一直…	166
45	っ放しのN	a.（置之不理）而做…；b.（持續）一直…	166
15	っぷり（更強調語氣）	a.…、貌／樣子／狀態；b. 相隔…	079
17	っぽい（イ）	感覺（看起來）像…；總是…；有…傾向	082
19	つもりだ【意圖和事實不一致】	就當作是…；自認為…	085
て			
13	であれ	即使是…也…／不管是…都…	071
43	であれ〜であれ	…也好…也好；不管／即使也…	156
13	であろうと	即使是…也…／不管是…都…	071
45	ていたところだった	差一點就／險些…	163
2	て以来	自從…以來，就一直	030
10	ている	（過去）曾經…	055
2	てからでないと	不先…就不能…	029
2	てからでなければ	不先…就不能…	029
2	てからというもの（は）	自從…一直…	032
2	てからは	自從…；一直到現在都…	030
44	てこそ	a. 正因為…才…；b. 只有…才（能）	154
44	でさえ	甚至連／就連…	155
49	て仕方がない	得不得了…	175
49	て仕方ない（口語）	得不得了…	175
20	てしかるべきだ	理應／應當…	089
51	でしょう	多麼／非常…啊	182
49	てしょうがない（口語）	得不得了…	175
4	て済む	a. 就行了…；b. 用不著／不…也行	037

單元	句型	中譯	頁
51	などと	a. 竟然／簡直是／真是太；b. …什麼的／之類的…	184
44	など～ない	不做…等事	156
44	など～ものか	哪能／怎麼會…	155
32	ならでは	只有…才…／正因為…才有（的）	119
32	ならではだ（句末，肯定的意思）	只有…才…／正因為…才有（的）	119
32	ならでは～ない	若不是…就不…	119
32	ならではの	只有…才…／正因為…才有（的）	119
12	ならまだしも	若是…還算（好說／可以）…但…	068
2	なり	一…就（一直）…；剛…就立刻…	031
43	なり～なり	也好…也好…；或者…或者…	152
38	なりに	這般／那樣的；與…相應…	135
38	なりのN	這般／那樣的；與…相應…	135
44	なんか～ない	連…都不…	156
44	なんか～ものか	哪能／怎麼會…	155
51	なんて	a. 竟然／簡直是／真是太；b. …什麼的／之類的…	184
51	なんて（口語）	沒想到…竟…	185
44	なんて～ない	不做…等事	156
44	なんて～ない	連…都不…	156
に			
39	に値する	值得…	138
1	にあたって	當…之際／之時；在…的情況下；在…之前	023
1	にあたっては	當…之際／之時；在…的情況下；在…之前	023
1	にあたっても	當…之際／之時；在…的情況下；在…之前	023

單元	句型	中譯	頁
1	にあたり	當…之際／之時；在…的時候	023
1	にあたり	處於／身處…情況下	024
1	にあって	處於／身處…情況下	024
1	にあっては	處於／身處…情況下	024
1	にあっても（逆接）	處於／身處…情況下	024
29	に至って	a. 到了（極端的程度）才…；b. 至於…／談到…；c. 即使到了…程度…也…	108
29	に至っては	a. 到了（極端的程度）才…；b. 至於…／談到…；c. 即使到了…程度…也…	108
29	に至っては	至於／談到／提起…	108
29	に至っても	a. 到了（極端的程度）才…；b. 至於…／談到…；c. 即使到了…程度…也…	108
45	に至る	（甚至）到了／達到…	166
45	に至るまで（語氣更強）	（甚至）到了／達到…	166
31	に至るまで	甚至到…	115
1	において	在／於…	023
1	においては	在／於…	023
1	においても	在／於…	023
41	に応じ（書面語）	根據／按照／因應…	144
41	に応じたN（修飾N）	根據／按照／因應…	144
41	に応じて	根據／按照／因應…	144
41	に応じても（表追加）	根據／按照／因應…	144
27	におかれましては	（在…來說）／（關於…情況）	100
1	におけるN	在／於…	023
28	にかかわって	關係到／涉及到…	103
28	にかかわらず（否定）	沒關係到／沒涉及到…	103
42	にかかわらず	儘管…也…；無論／不管…都…	147
42	にかかわらず	無論（原因狀況）都…	148
28	にかかわり	關係到／涉及到…	103

台灣廣廈 國際出版集團
Taiwan Mansion International Group

國家圖書館出版品預行編目（CIP）資料

N3、N2、N1新日檢常見500文型：一目瞭然!必考文法考前筆記
總整理/許心瀠著. -- 初版. -- 新北市：國際學村出版社, 2022.03
　面；　公分
ISBN 978-986-454-204-8(平裝)
1.CST: 日語 2.CST: 語法 3.CST: 能力測驗

803.189　　　　　　　　　　　　　　　　　110022368

國際學村

N3、N2、N1新日檢常見500文型
一目瞭然！必考文法考前筆記總整理

作　　　者／許心瀠　　　　編輯中心編輯長／伍峻宏・編輯／尹紹仲
例 句 翻 譯／徐雅賢　　　　封面設計／曾詩涵・內頁排版／菩薩蠻數位文化有限公司
　　　　　　　　　　　　　製版・印刷・裝訂／東豪・弼聖・紘億・秉成

行企研發中心總監／陳冠蒨　　線上學習中心總監／陳冠蒨
媒體公關組／陳柔彣　　　　　產品企製組／黃雅鈴
綜合業務組／何欣穎

發 行 人／江媛珍
法 律 顧 問／第一國際法律事務所 余淑杏律師・北辰著作權事務所 蕭雄淋律師
出　　　版／台灣廣廈
發　　　行／台灣廣廈有聲圖書有限公司
　　　　　　地址：新北市235中和區中山路二段359巷7號2樓
　　　　　　電話：（886）2-2225-5777・傳真：（886）2-2225-8052

代理印務・全球總經銷／知遠文化事業有限公司
　　　　　　地址：新北市222深坑區北深路三段155巷25號5樓
　　　　　　電話：（886）2-2664-8800・傳真：（886）2-2664-8801
郵 政 劃 撥／劃撥帳號：18836722
　　　　　　劃撥戶名：知遠文化事業有限公司（※單次購書金額未達1000元，請另付70元郵資。）

■出版日期：2022年03月
ISBN：978-986-454-204-8　　　　版權所有，未經同意不得重製、轉載、翻印。